El síndrome del simio parlante

EL SÍNDROME DEL SIMIO PARLANTE

Miguel Angel Guzman

Para realizar pedidos de este libro, contacte con:
Palibrio
1663 Liberty Drive
Suite 200
Bloomington, IN 47403
Gratis desde EE. UU. al 877.407.5847
Gratis desde México al 01.800.288.2243
Gratis desde España al 900.866.949
Desde otro país al +1.812.671.9757
Fax: 01.812.355.1576
ventas@palibrio.com
447643

Si esta obra ha llegado a tus manos no es una casualidad, sino causalidad, tu no has decidido leer lo que aquí se revela, fuiste un mortal elegido para que lo leas, todo esta envuelto en aparentes incoherencias, es un misterio que tendrás que resolver, no solo te mostrara verdades que transformaran el futuro de la humanidad, sino que tu serás pieza clave en ese proceso. Esta obra no es para fanáticos de ninguna clase e ignorantes, ni idiotizados arrastrados por las corrientes culturales y sociales. Todo lo que aparece en la obra me consta de propio conocimiento y he esperado pacientemente durante cuarenta y seis años para publicarla y aunque lo intente antes no se me permitió, el tiempo, y la era es esta. Las cosas que de entrada te parecerán barbarismos en principio, cuando termines la obra si eres de los reconstructores, entenderás su contexto y necesidad. Es un acto de hipocresía y bajuno quien intenta el escribir una obra como esta basándose en ideas o pensamientos propios, escribe solo fantasías, pero en esta obra todo podrá ser confirmado por los simples científicos de su mundo. Vine a este plano a cumplir con dejar este mensaje, pues aquel que tenga ojos vea y el resto púdrase en sus insignificantes y miserables vidas. De esta obra se guardara una herméticamente cerrada y enterrada en un lugar desconocido para que sea testimonio en el futuro de que a los habitantes de la esfera azul se les dio la oportunidad, de evolución y desarrollo psíquico intelectual. Esta obra no es profética y aun cuando es de cierta forma radical, es apocalíptica en el sentido de que termina con todo lo que es ahora una sociedad salvaje, primitiva y retrasada en su evolución.

Miguel Angel Guzmán

NOTA: LA VERDAD ES SIEMPRE CONTROVERSIAL, PERO INNEGABLE.

3:20 A.M. Una de tantas noches cuasi perdidas, se que en algún momento el sueño llegara de forma silenciosa. No es perdida de tiempo, es mas bien una constante retrospección, un análisis de todo lo observado desde los primeros segundos engendrado en mi incubadora humana o madre terrenal el día 30 de marzo de 1959. Se que esto sonara algo confuso para aquellas mentes simples que utilizan menos de su 2% en el individuo común y 2.3 para los que se determina que poseen un IQ mayor, pero nunca mas de un 2.5% para un súper dotado en términos cognoscitivos, fenómeno que mas procede de un accidente genético en donde se involucra desde el medio ambiente hasta cambios alimenticios en la progenitora durante su estado de gravidez. En otros casos es un gen latente que se va proyectando de generación en generación hasta que en dado momento se manifiesta bien por parte materna o paterna. Inevitablemente esto nos conduce al el fenómeno de la pseudo inteligencia humana.

Al hablar de la inteligencia del homo sapiens en términos de que es un pseudo tenemos que establecer las razones para tal postulado y sobre este una dirección que establezca una nueva posibilidad en estas fronteras de la raza humana. Por tanto debemos discernir sobre múltiples razonamientos que paradójicamente provienen del pseudo intelecto humano. Partiendo de esta premisa; y rompiendo los estereotipos de la redacción tomare al alzar los elementos que entiendo deben de ser mencionados dentro del contexto de hurgar mas allá de los conceptos del intelectualismo actual y el radio cognoscitivo contemporáneo. Desde la década del 1980 he observado distintos grupos sociales en términos de comportamiento intelectual è incluido organizaciones tanto privadas como del estado. ¿ Razones?

Las razones son fáciles de deducir, es la única forma de colaborar el estatus psíquico intelectual de la raza humana de forma científica y empírica. Desde los vagabundos hasta los mas intelectuales, de modo individual así como en el colectivo. Lo fascinante es que el mas ignorante de los seres humanos hasta el mas intelectual de alto IQ pueden competir en un mismo radio de capacidades, por cuanto lo que desconoce el primero le es irrelevante, pero el segundo con todos su conocimientos desconoce lo que el primero, de manera que en su egocentrismo y arrogancia el segundo no se percata de que su alto IQ lo conduce sin desvío a un área de la mas alta ignorancia. Los grupos institucionales observados son risibles, tanto en la empresa privada como agencias del estado se encuentran personitas con complejo de superioridad, bien sea por su nivel de educación o puesto que ocupan. Estudie la reacción de estas circunstancias con varias empresas que al presentársele una idea o proyecto bien definido con gran potencial el ejecutivo a cargo podía aceptar el potencial pero al no ser algo fruto de su propia creatividad lo rechazaba de manera elegante, aunque los peores son los que se sienten superior a los demás mortales y de rostro entumecido son hostiles, esos me recordaban a los mandriles alfa cuando se invade su territorio. En cuanto a determinadas agencias de seguridad de los Estados Unidos de America pude estudiar como el complejo de el burócrata influye el intelecto de individuos escogidos precisamente por su supuesta capacidad intelectual e ignoran cualquier propuesta del ciudadano común aun cuando la misma pueda dar grandes ventajas estratégicas y militares a los USA, sencillamente su nivel de intelecto se enfoca en limitados parámetros de perspectivas predefinidas, olvidan que todo ente humano tiene un cerebro y por ende un potencial sin que medie su nivel de educación. Pienso que la seguridad nacional y supremacía militar deben de ir por encima del egocentrismo burocrático.

En unas circunstancias que se dieron entre abril y mayo de 2007 se me dio la oportunidad de analizar el sentido de justicia de otra agencia federal y el manejo de la verdad, me refiero específicamente al hospital de veteranos de San Juan, Puerto Rico, este laboratorio duro hasta mayo de 2012. Para el hombre justo la verdad es ley y ninguna otra circunstancia lo afecta en su vida excepto que los sentidos de la justicia y la verdad sean violentado de forma impune. Dentro de esta interesante situación que incluso me acelero un infarto cardiaco en abril de 2010 que me mantuvo clínicamente muerto por dos minutos, gracias a un empleado parasito de esta institución, su venenosa mujer y engendro infernal hijastra de el parasitar empleado, quienes por su insignificancia como escoria humana he olvidado sus nombres, pero fueron la base para estudiar hasta donde el pseudo intelecto de la base administrativa del hospital de veteranos era objetiva, justa y digna.

A prima facie un individuo de rango administrativo acepto ante la evidencia que le presente que el parasito y su mujer habían montado una conspiración en mi contra y violentado mi privacidad dado que el individuo en cuestión había entrado a mi archivo medico y administrativo dándole esta información a su mujer para intentar perjudicarme en lo civil y judicial. Cosa que no lograron pues en nuestra rama judicial existen jueces muy objetivos e intuitivos a quienes no se les puede engañar y cuando se ama a la justicia y se desconoce todo tipo de temor en la vida se adquiere la habilidad innata de ser Pro se o llevar el caso por derecho propio. Por aquel entones el director del hospital fue amedrentado de alguna manera por el parasito y no lo despidió de su puesto por miedo a que la institución fuera demandada, pero esto abrió una caja de Pandora y este director aparentemente tenia malos manejos y algunas nébulas en su que hacer como principal cabeza del hospital, incluso no había cumplido con la obligación de establecer los protocolos de ley para proteger la privacidad de los asuntos médicos y administrativos de los pacientes. Continúe mi lucha y observación de las reacciones en cadenas por mi reclamo de justicia. Dos fuentes totalmente fidedignas y ambas en las jefaturas de distintas clínicas me confirmaron estos datos. Para sustituir a el saliente corrupto director asignaron a una afroamericana ex militar y denominada por muchos en la institución como la mecánico, pues tiene fama de enderezar los hospitales que no están operando bajo las reglas y regulaciones del departamento de veteranos. Un elemento nuevo dentro de la institución y si era su comportamiento tal como se describía conjeture que probablemente se trataba de un individuo con alto sentido del honor y la justicia, equivocación mía en esa especulación, no se si esta dama posee o no estas virtudes, pues los burócratas administrativos incluyendo a el individuo que en un principio había reconocido el montaje conspirativo en mi contra por el empleado parasito hicieron un frente de encubrimiento y desvío a tal grado que nunca se me permitió reunirme con esta directora, me hubiese sido mas fácil concertar una cita con el mítico personaje de Cristo. Todos conocían el caso pero nadie osaba mencionarlo. ¿Por qué? Dado que las directrices a nivel de la administración son simples y llanas para todos los niveles en el hospital.

"Ustedes atienden a los veteranos, pero trabajan para la administración." Una forma directa de coacción y amenaza a los empleados. Y les aseguro que allí trabajan seres excepcionales que sufren el estar en muchos casos maniatados y no poder ofrecer lo mejor a sus pacientes. Como ente racional reconozco mis defectos y entre ellos existen dos que mantengo y mantendré bajo control, jamás he conocido la sensación de miedo o temor ante nada, ni aun cuando solo era un chaval, así que solo me temo a mi mismo, tal es así que cuando a mediado de 2010 los cardiólogos me informaron que si no me realizaban una operación de corazón abierto me quedaban de 5 a 6 meses de vida, en el hospital. No me inmute, no sentí nada por esa noticia, simplemente lo vi todo como parte del proceso natural de la vida y la biología, lo segundo que controlo de forma férrea es mi frialdad y convicción de que si el estado te niega justicia, el derecho natural te permite realizarla por mano propia, lo cual podía haber degenerado en la erradicación física del empleado parasito y sus dos serpientes. Si amo la cuestión del pensamiento critico y la razón no podía permitir que los impulsos primitivos que yacen en todo ser humano me controlaran, de manera que busque apoyo y freno con los profesionales de la "salud" mental del hospital. Otra oportunidad de ver dentro del intelecto de estos que se supone conocen las dinámicas del pensamiento humano y la neurobiología del cerebro, un banquete para mi interés de observación y capitalizar mis circunstancias negativas de aquellos momentos. Es increíble como estos intelectos tienen un gran manojo de etiquetas que a priori ponen a el individuo, si la razón de buscarlos no tiene que ver con un desbalance neuroquímico. ¿porque no buscar la raíz del problema, sugerir que en mi caso arreglaran la cuestión y se me otorgara la justicia que reclamaba? No, solo trataron de imponer su criterio y utilizando psicología invertida, é incluso sugerir de forma subliminal así como directa que dejara de un lado mi reclamo de justicia en contra de la administración. Otros sometidos al yugo y despotismo patronal. ¿Si yo no hubiese sido tan consciente de mi propia peligrosidad y hubiese erradicado a el parasito y sus serpientes? Probablemente se hubiesen auto justificado, creado archivos psiquiátricos falsos y lavado las manos. En el fondo estos estudiosos de la mente y pensamientos, se refugian en sus teorías, se sienten y piensan que son sumamente inteligentes.

Otra área de estudio son los galenos, los médicos, para convertirse en doctores en medicina, tienen que poseer un IQ sobre el promedio y una gran retentiva de memoria. Pero esto no quita que existan médicos mediocres o que debieron ser mecánicos de autos. Muchos se deshumanizan con el paso del tiempo, a otros les interesa solo ganar buena plata y el prestigio de su titulo, de hecho fue un mediocre el que por no seguir el protocolo para un paciente que llega con un fuerte dolor de pecho y de 50 años de edad a la sala de urgencias y descartar primero la posibilidad de un infarto cardiaco, se aferro como adivino de que se trataba de una bacteria estomacal, lo que permitió que muriera del infarto por aquellos maravillosos 2 minutos. En estas vías me di con un galeno que conocí cuando era muy joven hacen muchos años atrás y con cierta regularidad tenia que verlo para mis citas de rutinas, pero este galeno un día de esos se atrevió a cuestionarme de mala manera el porque yo esperaba a tener una infección urinaria aguda para acudir al hospital. Carajo, porque soy asintomático y solo al sangrar en la orina podía darme cuenta de la infección.

Estuve el impulso de allí mismo arrancarle la traquea de un solo jalon con mi mano, la habilidad la tengo.

Pero por respeto al tiempo que hace que lo conozco decidí someter una querella administrativa por recomendación de otro galeno y así lo hice. Se estableció un no contacto entre el susodicho y mi persona. Creo que nunca este medico haya pensado o dado cuenta de lo cerca que tuvo de que su existencia física fuera erradicada. Pero primero el autocontrol que los impulsos, e independientemente de lo sucedido siempre he sentido un gran respeto por el medico, y se y me consta que cuando ha sido necesario el deja su carácter de lado y su prioridad es el paciente. Así he estudiado a médicos que aman de forma extraordinaria su profesión, de gran calor humano y dispuestos a lo que sea necesario por ayudar a un paciente, aun a uno terco como yo. Estas cosas aquí mencionadas ilustran la razón del porque denomino a la capacidad pensante del homo sapiens como pseudo inteligencia, allí donde no existen la verdad, honor y justicia, no puede existir una inteligencia evolucionada, todo lo citado demuestra que la raza humana es mas ególatra que inteligente, el conocer y el saber no son sinónimos de inteligencia. Dicho sea de paso un grupo interesante de investigación son los togados, los licenciados en leyes o abogados. Personalmente conozco una decena y compartido con ellos. Un rico manjar para someter a investigación. En realidad tanto en la grey de los médicos como la de los abogados un gran por ciento es obligado por la familia inmediata a tomar las carreras en estas áreas profesionales, ahí la raíz de la mediocrisidad. Yo diría que los abogados son mas astutos que inteligentes, este vicio los convierte en oportunistas de profesión, como ellos proclaman: "Quien hizo la ley, hizo la trampa." Es obvio que aunque puedo mencionar datos y argumentos que sustentarían esto, no los expondré dado que existen victimas y acusados, en ambos caso merecen los ciudadanos respeto. Pero si puedo hacer alusión a un incidente que me ocurrió en la década de los 90.

Una conocida acudió a mi para que le recomendara un abogado para un pleito de divorcio contencioso, la envíe donde este abogado a quien conocía desde mi adolescencia. La dama se presento con el licenciado después de que yo le había llamado para coordinar la cita. Todo marcho bien hasta que en la ultima cita antes de que el tribunal viese el caso el abogado le presento los costos por sus servicios, una suma de dinero que el sabia ella no podía pagar ni adelantarle el 50% como le propuso, con su plan bien definido el letrado entonces le dio la alternativa de que pasara varios fines de semanas con el en su yate. Mi conocida fue a mi domicilio y me contó entre llanto y sollozos lo que le había sucedido en la oficina de el licenciado en leyes. Telefónicamente le di un ultimátum a el licenciado, los pormenores de lo que le dije no vienen a ser necesarios. Eso si, no solo gano el caso del divorcio, sino que no le cobro ni un céntimo a mi conocida. Esto deja a su juicio particular el evaluar el tipo de inteligencia que estos profesionales poseen, claro como en todo existen excepciones.

Desde mis 14 años abandone el seno materno e hice mi vida independiente, me lleve a mi entonces novia y me convertí en padre a los 15, fui lo suficiente capaz de mantener a mi familia y desde el día en que deje el hogar de mis padres, solamente pernote 1 quizás 2 veces en la residencia de mis progenitores, pero hacen 38 años que no pruebo alimentos de las manos de mi madre, una cuestión de auto respeto y dignidad, si tuve el valor de independizarme lo justo era que me auto sustentara sin depender de ellos.

Claro que siempre les he visitado cuando el tiempo así me lo permite y les honro y respeto de forma incondicional, como ejemplo me atreví a fumar frente a mi padre después de los 30 y a tatuar mi cuerpo y utilizar un pendiente a los 40. Es así como pude observar varios grupos sociales, las damas de la noche por quienes siento un gran respeto y por convicciones jamás solicite sus servicios, menos después de conocer las razones que llevo a muchas de estas damas a optar por esta profesión, dado que no creo en la explotación de los seres humanos bajo ninguna circunstancia y menos en base a sus necesidades, e igual respeto para aquellas que ejerciendo su derecho de independencia natural determinaron ser trabajadoras sexuales, conocí toda clase de delincuentes, asesinos, adictos a drogas ilegales, alcohólicos, vagamundos y homosexuales, transexuales y bisexuales, a todos les trate y trato, recalco con gran respeto, por cuanto y tanto todo ente viviente es un ser que evoluciona. De estos grupos no me atrevo a registrar ni calificar su intelecto, dado que el discrimen, prejuicios y estigmas de las hipócritas sociedades de este planeta siempre han reprimido el potencial de estos individuos estigmatizándolos no para humillación de ellos, sino para proyectar la falta de evolución intelectual del conglomerado social y sus falsos preceptos. De hecho la hostilidad del colectivo hacia estos grupos refuerza mi teoría de la pseudo inteligencia. Puesto que le compete a los pueblos evitar que estas personas caigan en la marginación y respetar el modus vivendi de cada quien, sin castigar ni reprochar, sino corrigiendo las fallas de los absurdos moralismos, rehabilitando y educando, pero sobre todo buscando lo equitativo en todos los ámbitos, luchando contra la falta de educación y la distribución injusta de los bienes materiales.

Antes de continuar quiero dejar claro que escribo como lo hiciera Don Miguel De Unamuno (español, 29 de septiembre 1864-31 de diciembre de 1936). De muy adentro y para mi, no le presto mucha atención a la gramática ni a la filología o reglas de la narrativa, al escribir es para mi un trance psíquico, un conectar con otro plano en donde todo es valido, es decir si se me antoja invento mis propias palabras y no me interesa lo que otros piensen sobre lo que exponga. Se que los primeros en incomodarse con mis escritos serán los simios parlantes con el síndrome seudo pensante, los fanáticos con gringolas de todo tipo y los chacales explotadores de la condición humana. A estos permítanme ofrecerles desde ahora mi mas amplia y cínica sonrisa. Aunque hago alusión a muchos filósofos y corrientes, son punto de referencia para el lector y no porque de alguna forma influyan en mis pensamientos, poseo mi propia línea de pensamientos e ideas y dejarme arrastrar por lo que critico seria muy antagónico, utilizo las citas de X o Y para fundamentar mi propio postulado. Aparte de que para llegar al seudo intelecto es forzoso utilizar un lenguaje que le sea familiar. Como autodidacta desde la edad de 8 años, pues me era insatisfactoria la educación escolar y 32 años de observación y estudios, de recorrer desde las cuestiones y misterios del ocultismo, estudiar toda línea de filosofía, teología, religiones comparadas, ciencias y muchas cosas mas llegue a la conclusión de que el único conocimiento real que se puede obtener es el de si mismo, lo cual en retrospectiva me pasa a la línea de los ignorantes. ¿De que me vale conocer quántica, química y astronomía entre muchas otras? Pues de pasatiempo como lo son la antropología y la historia de este ciclo del planeta desde la primera civilización. Con esto solo le queda a cualquier idiotizado denominarme como demente, lo cual no considero insultante, sino como un halago, pues el demente en su mundo alucinante y sin razón según los "expertos" conoce y ve cosas que las mentes apresadas por el acondicionamiento estereotipado de lo supuestamente coherente, no captan, no pueden percibir o se encierran en una objetividad pretenciosa para ocultar sus temores. Conocí a un vagabundo en los años 80 que tenia por hogar la avenida Borinquen en Barrio Obrero en el área de Santurce, allí sin aseo y dependiendo de la caridad de quienes le daban las sobras de comida iba de un lado a otro y siempre pendiente de los estudiantes de las escuelas Boada (elemental) y Ramos Antonini (intermedia) una al frente de la otra, así que a la horas de entrada y salida de los estudiantes dirigía el transito para permitir el cruce de los estudiantes de un lado a otro. Le llamaban el Correcaminos y ya era todo un personaje en el Barrio. No hablaba, solo soltaba una estruendosa carcajada de rato en rato. Aquel caballero una vez que me vio fumando se me acerco, ya sabíamos todos que cuando se acercaba a alguien que fumaba era para que le ofreciéramos un cigarrillo.

Mire a aquel Quijote a los ojos y note una mirada tranquila, no la típica vista fija y perdida o inquieta de los que sufren un desajuste neurobiológico que les conduce a la demencia. Se sentó en la acera y para mi sorpresa me invito a sentarme a su lado, mi naturaleza no me permite rechazar a ningún ser viviente, así que lo complací. Tomo una bocanada del humo de cigarrillo y con voz sosegada me dijo que su nombre era Rafael, que hacían dos décadas que vivía en las calles, no por no tener hogar, sino por propia elección. Graduado en ingeniería y empresario con dos hijos, no me especifico si eran varones o hembras, me arriesgue a preguntarle el porque entonces había tomado aquel estilo de vida. Guardo silencio unos segundos, y me contó que un día en que llego un poco mas tarde de lo usual a su hogar encontró a su esposa siéndole infiel con su hermano, pensó en quitarle la vida a los dos, en suicidarse y hasta en matar a sus propio hijos. Me dijo que salio de su hogar sin mirar para atrás y no regreso jamás, su primera noche en las calles la paso durmiendo en un cementerio que no recordaba, al día siguiente fue donde su abogado y traspaso todas sus propiedades a nombre de sus hijos a ser entregadas según cumplieran la mayoría de edad, en unos días vendió sus empresas a la mitad de su valor real y los dinero que sustrajo de estas transiciones lo invirtió en bonos del gobierno de Estados Unidos pagaderos a nombre de sus hijos y a ser redimidos también en su mayoría de edad. Para aquel entonces las leyes de divorcio eran muy distintas y el mancomunado matrimonial no era tan igualitario y justo como es en estos tiempo, desaparecido, no se le podía declarar muerto ni la mujer divorciarse de el. De forma coherente tomo las calles como hogar y así evitar ser encontrado para cualquier reclamo legal. Me explico que no era un demente como aparentaba, solo era una forma de evitar a las personas, pero que paradójicamente se sentía mas rico, libre y feliz que en su vida anterior.

Me hablo de muchas cosas que un demente no podría poner de forma lógica. Nos fumamos unos cuantos cigarrillos mas y cuando llego el momento de despedirme me dijo con una sonrisa: "¿Vez la ventaja de mi estilo de vida? Me fume varios de tus cigarrillos a cambio de mi historia." Luego de ese día siempre que yo andaba por la avenida Borinquen y le veía, le daba 4 o 5 cigarrillos, el no decía nada, solo me sonreía, me fui a vivir a la isla municipio de Vieques en el 1992 y regrese el 1999, ahí me entere de que el Correcaminos había fallecido, pero antes de irme a la isla municipio realice una profunda investigación incluso con unos conocidos en las fuerzas policíacas y colabore la historia de Rafael, resultando que era cierta. ¿Gozaba Rafael de una inteligencia un poco mas aguda que el promedio o la decepción lo afecto tan profundamente que decidió transformarse en un ser y espíritu libre? Catalogar su acción como una cobarde, seria un sin sentido, pues se necesita mas valor para ir en contra de lo que dice la sociedad sobre una vida correcta que para pararse en un punto de seguridad lleno de cosas pasajeras y fútiles. Quizás aquel a quien todos consideraban un demente era un ser sumamente espiritual y asceta (espiritual, hace alusión a la capacidad pensante superior, no al significado tradicional, el ascetismo es una practica filosófica en donde se rechazan todos los placeres y materialismos e incluso a los parámetros éticos y de subordinación a las reglas sociales y morales) a pesar de este corte de pensamiento al rechazar el concepto del placer se renuncia a lo promiscuo, que es lo que con mayor mollero la hipocresía y falsa moral social atacan mas. Esta doctrina en algunos movimientos religiosos se le considera una vía para llegar a altos niveles místicos. En el fondo de esta historia de Rafael, esta mi interrogante personal, de que si Rafael encaja en la categoría de otro pseudo pensante o la posibilidad de que tomara la vida asceta de forma consciente, pues era un hombre con educación y profesional lo cual lo saca de este renglón y lo coloca en una posición privilegiada con una visión mas evolucionada de la realidad existencial. Existen tres elementos que causan el estancamiento de la evolución consciente hacia la superación psíquica de los mortales; Primero: El ego (o el yo). Segundo: La vanidad. Tercero: El Orgullo. Tres factores paridos por la arrogancia humana. En lo personal prefiero ser un ser de libre pensamiento, espíritu libre y amante de la justicia y la verdad, sin pretender ser ostentoso, conozco la única verdad pura y total, pero eso se los diré en algún punto de este parloteo intimo y personal. Lo que dicen que dijo el mítico personaje de el Cristo sobre que la verdad hace libre a el ente humano es algo muy cierto, quizás quien lo escribió la encontró.

Según Ayn Rand, cada hombre es un fin en sí mismo, no el medio para los fines de otros. Debe existir por sí mismo y para sí mismo, sin sacrificarse por los demás ni sacrificando a otros. La búsqueda de su propio interés racional y su felicidad es el más alto propósito moral de su vida. Este postulado según el egoísmo racional no solo va en contra de cualquier potencial de evolución consciente sino que se contradice cuando el mismo individuo declara en su ética objetivista: "Es conducta virtuosa el que cada individuo tenga como fin de su vida la satisfacción de sus proyectos racionales, sin violentar los derechos racionales de los demás ni aceptar que se violenten los propios." En esta disyuntiva podemos ver como la posibilidad de general un positivismo se auto degenera y reafirma el mal uso de la capacidad pensante del homo sapiens. Las contradicciones son aceptables cuando se dan para sustentar la antitesis de un axioma. En este caso esta exposición anterior es un gancho para mi propuesta, así como las historias previas tienen un punto de análisis para quienes puedan ver mas allá de la condición humana las realidades superpuestas en la vida cotidiana. Siendo entonces que el egoísmo racional seria aplicable si el fin es uno que beneficie a la totalidad de la raza humana, un individualismo controlado de forma racional y objetiva, dirigido esto a una lógica universal generalizada en todos los ámbitos del que hacer humano. Al decir lógica no es propuesta como el espectro actual de esta que esta fuera aun de su misma raíz y útero matemático. En algo que podría estar de acuerdo con Ayn Rand es cuando dijo, y cito: "Sólo existe una forma de depravación humana, carecer de metas." Pero yo asevero de modo inamovible que la puta mayor que engendra todos los males y vicios de la civilización actual, no es otra que la ignorancia, por tanto de una forma u otra todos tenemos una madre en común, y si así entonces; todos somos hermanos. Sin lo paradójico y la contradicción no puede existir la probabilidad del cambio extremo de la psiquis ni evolución consciente, que viene a ser el siguiente paso para elevar la postura cósmica de la entidad humana en un universo y dimensiones por conocer. Esta meta es el objetivo fundamental desde antes de la cultura sumeria que ayudo al asentamiento y desarrollo de lo que hoy se conoce como civilización egipcia, hecho que de alguna manera tiene fuerte lazos con la región de Ur y que en su día la humanidad entenderá. Retomando la cuestión de la lógica, La lógica es una ciencia formal que estudia los principios de la demostración e inferencia válida. La palabra deriva del griego antiguo λογική (logike), que significa «dotado de razón, intelectual, dialéctico, argumentativo», que a su vez viene de λόγος (logos), «palabra, pensamiento, idea, argumento, razón o principio».

La lógica examina la validez de los argumentos en términos de su estructura lógica, independientemente del contenido específico del discurso y de la lengua utilizada en su expresión y de los estados reales a los que dicho contenido se pueda referir. Esto es exactamente lo que quiere decir que la lógica es una ciencia «formal». Tradicionalmente ha sido considerada como una parte de la filosofía. Pero en su desarrollo histórico, a partir del final del siglo XIX, y su formalización simbólica ha mostrado su íntima relación con las matemáticas; de tal forma que algunos la consideran como lógica matemática. En el siglo XX la lógica paso a ser principalmente la lógica simbólica. Un cálculo definido por unos símbolos y unas reglas de inferencia. Lo que ha permitido un campo de aplicación fundamental en la actualidad: (la informática). Hasta entonces la lógica no tuvo este sentido de estructura formal estricta. La tradición aristotélica y estoica, mantuvo siempre una relación con los argumentos del lenguaje natural, concediendo por tanto a los argumentos una transmisión de contenidos verdaderos. Por ello aún *siendo formales, no eran formalistas*. Hoy, tras los progresos científicos relativos a la lingüística, y el concepto semántico de verdad en su relación con el lenguaje, tal relación se trata bajo un punto de vista completamente diferente. La formalización estricta ha mostrado las limitaciones de la lógica tradicional interpretada actualmente como una particularidad de la lógica de clases. El término «lógica», se encuentra en los antiguos peripatéticos y estoicos como una teoría de la argumentación o argumento cerrado; De este modo la *forma argumentativa* responde al *principio de conocimiento* que supone que representa adecuadamente la realidad. Por ello, sin perder su condición de formalidad, no son formalistas y no acaban de desprenderse de las estructuras propias del lenguaje. Con el nombre de Dialéctica, en la edad media, la Lógica mantiene la condición de ciencia propedéutica. Así se estudia en la estructura de las enseñanzas del Trivium como una de las artes liberales. En la Edad Moderna la lógica tradicional aristotélica adquiere un nuevo enfoque en las interpretaciones racionalistas de Port Royal, en el siglo XVII, pero tampoco supusieron un cambio radical en el concepto de la lógica como ciencia.

Los filósofos racionalistas, sin embargo, al situar el origen de la reflexión filosófica en la conciencia, aportaron, a través del desarrollo del análisis como método científico del pensar, los temas que van a marcar el desarrollo de la lógica formal. Son de especial importancia la idea de Descartes de una *Mathesis universalis* y de Leibniz que, con su *Characteristica Universalis* supone la posibilidad de un lenguaje universal, *especificado con precision matematica sobre la base de que la sintaxis de las palabras deberia estar en correspondencia con las entidades designadas como individuos o elementos metafísicos*, lo que haría posible un cálculo o computación mediante algoritmo en el descubrimiento de la verdad. Aparecen los primeros intentos y realizaciones de máquinas de cálculo, (Pascal, Leibniz) y, aunque su desarrollo no fue eficaz, sin embargo la idea de una *Mathesis Universal* o *Característica Universal*, es el antecedente inmediato del desarrollo de la lógica simbólica a partir del siglo XX.

La palabra «lógica» ha sido utilizada como lógica trascendental por Kant, en el sentido de investigar los conceptos puros a priori del entendimiento o categorías trascendentales. Hegel consideraba la lógica dentro del absoluto como proceso dialéctico del Absoluto, entendido éste como Principio Absoluto, Espíritu Absoluto, y Sujeto, como Sujeto Absoluto.

La chispa supra intelectual tanto de Kant como de Hegel, oculta parte de lo que ha de ser el norte de los mortales, si se profundiza en estos conceptos se darán cuenta de que son piezas de un mensaje en código disperso para que la humanidad lo pueda unir en el momento designado. La lógica, la epistemología y la ontología van unidas y son expuestas en la filosofía entendida ésta como sistema absoluto. En el último tercio del siglo XIX la lógica va a encontrar su transformación más profunda de la mano de las investigaciones matemáticas y lógicas, junto con el desarrollo de la investigación de las estructuras profundas del lenguaje, la lingüística, convirtiéndose definitivamente en una ciencia formal. En el lenguaje cotidiano, expresiones como «lógica» o «pensamiento lógico», aporta también un sentido alrededor de un «pensamiento lateral» comparado, haciendo los contenidos de la afirmación coherentes con un contexto, bien sea del discurso o de una teoría de la ciencia, o simplemente con las creencias o evidencias transmitidas por la tradición cultural. Del mismo modo existe el concepto sociológico y cultural de lógica como, ejemplo. «la lógica de las mujeres, lógica deportiva», etc. que, en general, podríamos considerar como «lógica cotidiana» - también conocida como «lógica del sentido común». En estas áreas la «lógica» suele tener una referencia lingüística en la pragmática. Un argumento en este sentido tiene su «lógica» cuando resulta convincente, razonable y claro; en definitiva cuando cumple una función de eficacia. La habilidad de pensar y expresar un argumento así corresponde a la retórica, cuya relación con la verdad es una relación probable. Existe un debate sobre si es correcto hablar de *una* lógica, o de varias lógicas, pero en el siglo XX se han desarrollado no uno, sino varios sistemas lógicos diferentes, que capturan y formalizan distintas partes del lenguaje natural. Se podría definir a un sistema lógico como un conjunto de cosas, que nos ayudan en la toma de decisiones que sean lo más convenientemente posible. Un sistema lógico está compuesto por:

1. Un conjunto de símbolos primitivos (el alfabeto, o vocabulario, números y formulas).

2. Un conjunto de reglas de formación (la gramática) que nos dice cómo construir fórmulas bien formadas a partir de los símbolos primitivos.

3. Un conjunto de axiomas o esquemas de axiomas. Cada axioma debe ser una fórmula bien formada.

4. Un conjunto de reglas de inferencia. Estas reglas determinan qué fórmulas pueden inferirse de qué fórmulas. Por ejemplo, una regla de inferencia clásica es el modus ponens, según el cual, dada una fórmula A, y otra fórmula A$\rightarrow$ B, la regla nos permite afirmar que B no es igual A por lo cual entonces tampoco es C. Estos cuatro elementos completan la parte *sintáctica* de los sistemas lógicos. Sin embargo, todavía no se ha dado ningún *significado* a los símbolos discutidos, y de hecho, un sistema lógico puede definirse sin tener que hacerlo. Tal tarea corresponde al campo llamado semántica formal, que se ocupa de introducir un quinto elemento:

1. Una interpretación formal. En los lenguajes naturales, una misma palabra puede significar diversas cosas dependiendo de la interpretación que se le dé. Por ejemplo, en el idioma español, la palabra «banco» puede significar un edificio o un asiento o manada de peces en las aguas de pesca, mientras que en otros idiomas puede significar algo completamente distinto o nada en absoluto. En consecuencia, dependiendo de la interpretación, variará también el valor de verdad de la oración «el banco está cerca». Las interpretaciones formales asignan significados inequívocos a los símbolos, y valores de verdad a las fórmulas. Estas circunstancias demuestran rasgos primitivos arraigados a las características del hombre actual que sufre del síndrome del simio parlante. Una sola palabra y/o frase mal interpretada puede degenerar en un conflicto, disputa y hasta en una guerra,

lo lógico a priori es el reconocer que los mortales son una sola raza con distintas características étnicas, pero con una misma genética compartida, por tanto deberían de compartir un mundo no dividido en países y naciones con un lenguaje universal y único en lo que la evolución consciente impulsa el que no sea necesario el uso de la palabra para comunicarse, parecerá a las mentes primitivas algo sin sentido esta proyección, pero así ha de ser cuando esten preparados.

Los sistemas lógicos clásicos son los más estudiados y utilizados de todos, y se caracterizan por incorporar ciertos principios tradicionales que otras lógicas rechazan. Algunos de estos principios son: el principio del tercero excluido, el principio de no contradicción, el principio de explosión y la monoticidad de la implicación. Entre los sistemas lógicos clásicos se encuentran:

- Lógica preposicional
- Lógica de primer orden
- Lógica de segundo orden

Los sistemas lógicos no clásicos son aquellos que rechazan uno o varios de los principios de la lógica clásica. Algunos de estos sistemas son:

- Lógica difusa: Es una lógica plurivalente que rechaza el principio del tercero excluido y propone un número infinito de valores de verdad.
- Lógica relevante: Es una lógica para consistente que evita el principio de explosión al exigir que para que un argumento sea válido, las premisas y la conclusión deben compartir al menos una variable proposicional.
- Lógica cuántica: Desarrollada para lidiar con razonamientos en el campo de la mecánica cuántica; su característica más notable es el rechazo de la propiedad distributiva.
- Lógica no monotónica: Una lógica no monotónica es una lógica donde, al agregar una fórmula a una teoría cualquiera, es posible que el conjunto de consecuencias de esa teoría se *reduzca*.
- Lógica intuicionista: Enfatiza las pruebas, en vez de la verdad, a lo largo de las transformaciones de las proposiciones.

Las lógicas modales están diseñadas para tratar con expresiones que *califican* la verdad de los juicios. Así por ejemplo, la expresión «siempre» califica a un juicio verdadero como verdadero en cualquier momento, es decir, *siempre*. No es lo mismo decir «está lloviendo» que decir «siempre está lloviendo».

- Lógica modal: Trata con las nociones de necesidad, posibilidad, imposibilidad y contingencia.
- Lógica deóntica: Se ocupa de las nociones morales de obligación y permisibilidad.
- Lógica temporal: Abarca operadores temporales como «siempre», «nunca», «antes», «después», etc.
- Lógica epistémica: Es la lógica que formaliza los razonamientos relacionados con el *conocimiento*.
- Lógica doxástica: Es la lógica que trata con los razonamientos acerca de las *creencias*.

Mientras la lógica se encarga, entre otras cosas, de construir sistemas lógicos, la metalógica se ocupa de estudiar las propiedades de dichos sistemas. Las propiedades más importantes que se pueden demostrar de los sistemas lógicos son:

Consistencia; Un sistema tiene la propiedad de ser consistente cuando no es posible deducir una contradicción dentro del sistema. Es decir, dado un lenguaje formal con un conjunto de axiomas, y un aparato deductivo (reglas de inferencia), no es posible llegar a una contradicción.

Decidibilidad, Se dice de un sistema que es *decidible* cuando, para cualquier fórmula dada en el lenguaje del sistema, existe un método efectivo para determinar si esa fórmula pertenece o no al conjunto de las verdades del sistema. Cuando una fórmula no puede ser probada verdadera ni falsa, se dice que la fórmula es *independiente*, y que por lo tanto el sistema es *no decidible*. La única manera de incorporar una fórmula independiente a las verdades del sistema es postulándola como axioma. Dos ejemplos muy importantes de fórmulas independientes son el axioma de elección en la teoría de conjuntos, y el quinto postulado de la geometría euclidiana.

Completitud, se habla de completitud en varios sentidos, pero quizás los dos más importantes sean los de completitud semántica y completitud sintáctica. Un sistema S en un lenguaje L es *semánticamente* completo cuando todas las verdades lógicas de L son teoremas de S. En cambio, un sistema S es *sintacticamente* completo si para toda fórmula A del lenguaje del sistema, A es un teorema de S o A es un teorema de S. Esto es, existe una prueba para cada fórmula o para su negación. La lógica proposicional y la lógica de predicados de primer orden son ambas semánticamente completas, pero no sintacticamente completas. Por ejemplo, nótese que en la lógica proposicional, la fórmula p no es un teorema, y tampoco lo es su negación, pero como ninguna de las dos es una verdad lógica, no afectan a la completitud semántica del sistema. El segundo teorema de incompletitud de Gödel demuestra que ningún sistema (definido recursivamente) con cierto poder expresivo puede ser a la vez consistente y completo.

Una falacia es un argumento que si bien puede ser convincente o persuasivo, no es lógicamente válido. Esto no quiere decir que la conclusión de los argumentos falaces sea falsa, sino que *el argumento mismo* es malo, no es válido. Existen varias maneras de clasificar a la gran cantidad de falacias conocidas, pero quizás la más neutral y general (aunque tal vez un Poco amplia), sea la que divide a las falacias en *formales* e *informales*. Las falacias formales son aquellas cuyo error reside en la forma o estructura de los argumentos. Algunos ejemplos conocidos de falacias formales son:

• Afirmación del consecuente: Un ejemplo de esta falacia podría ser:

   1. Si Tita estudia, entonces aprobará el examen.
   2. Tita aprobó el examen.
   3. Por lo tanto, Tita estudió.

Esta falacia resulta evidente cuando advertimos que puede haber muchas otras razones de por qué Tita aprobó el examen. Por ejemplo, pudo haber copiado, o quizá tuvo suerte, o quizá aprobó gracias a lo que recordaba de lo que escuchó en clase, etc. En tanto es una falacia formal, el error en este argumento reside en la forma del mismo, y no en el ejemplo particular de Tita y su examen. La forma del argumento es la siguiente:

   1. Si p, entonces q.
   2. q
   3. Por lo tanto, p.

• Generalización apresurada: En esta falacia, se intenta concluir una proposición general a partir de un número relativamente pequeño de casos particulares. Por ejemplo:

   1. Todos las personas delgadas que conozco son rápidas.
   2. Por lo tanto, todas las personas delgadas son rápidas.

El límite entre una generalización apresurada y un razonamiento inductivo puede ser muy delgado, y encontrar un criterio para distinguir entre uno y otro es parte del problema de la inducción.

Las falacias informales son aquellas cuya falta está en algo distinto a la forma o estructura de los argumentos. Esto resulta más claro con algunos ejemplos:

- Falacia *ad hominem*: se llama falacia *ad hominem* a todo argumento que, en vez de atacar la posición y las afirmaciones del interlocutor, ataca al interlocutor mismo. La estrategia consiste en descalificar la posición del interlocutor, al descalificar a su defensor. Por ejemplo, si alguien argumenta: «Usted dice que hurtar está mal, pero usted también lo hace», está cometiendo una falacia *ad hominem* (en particular, una falacia *tu quoque*), pues pretende refutar la proposición «hurtar está mal» mediante un ataque al proponente. Si un ladrón dice que hurtar está mal, quizás sea muy hipócrita de su parte, pero eso no afecta en nada a la verdad o la falsedad de la proposición en sí.
- Falacia *ad verecundiam*: se llama falacia *ad verecundiam* a aquel argumento que apela a la autoridad o al prestigio de alguien o de algo a fin de defender una conclusión, pero sin aportar razones que la justifiquen.
- Falacia *ad ignorantiam*: se llama falacia *ad ignorantiam* al argumento que defiende la verdad o falsedad de una proposición porque no se ha podido demostrar lo contrario.
- Falacia *ad baculum*: Se llama falacia *ad baculum* a todo argumento que defiende una proposición basándose en la fuerza o en la amenaza.
- Falacia circular: se llama falacia circular a todo argumento que defiende una conclusión que se verifica recíprocamente con la premisa, es decir que justifica la veracidad de la premisa con la de la conclusión y viceversa, cometiendo circularidad.
- Falacia del hombre de latón: Sucede cuando, para rebatir los argumentos de un interlocutor, se distorsiona su posición y luego se refuta esa versión modificada. Así, lo que se refuta no es la posición del interlocutor, sino una distinta que en general es más fácil de atacar. Tómese por ejemplo el siguiente diálogo:

Persona A: Sin duda estarás de acuerdo en que los Suiza tienen el sistema legal más justo y el gobierno más organizado.
Persona B: Si Suiza es el mejor país del mundo, eso sólo significa que las opciones son muy pocas y muy pobres.

En este diálogo, la persona B puso en la boca de la persona A algo que ésta no dijo: Que Suiza es el mejor país del mundo. Luego atacó esa posición, como si fuera la de la persona A.

Una paradoja (no en el sentido de un caos de distorsión tiempo espacio) es un razonamiento en apariencia válido, que parte de premisas en apariencia verdaderas, pero que conduce a una contradicción o a una situación contraria al sentido común. Los esfuerzos por resolver ciertas paradojas han impulsado desarrollos en la lógica, la filosofía, la matemática y las ciencias en general.

Históricamente la palabra «lógica» ha ido cambiando de sentido. Comenzó siendo una modelización de los razonamientos, propuesta por los filósofos griegos, y posteriormente ha evolucionado hacia diversos sistemas formales. Etimológicamente la palabra *lógica* deriva del término griego Λογικός *logikos*, que a su vez deriva de λόγος *logos* 'razón, palabra, discurso'. En un principio la lógica no tuvo el sentido de estructura formal estricta.

La lógica, como un análisis explícito de los métodos de razonamiento, se desarrolló originalmente en tres civilizaciones de la historia antigua: China, India y Grecia, entre el siglo V y el siglo I a. C. En China no duró mucho tiempo: la traducción y la investigación escolar en lógica fue reprimida por la dinastía Qin, acorde con la filosofía legista. En India, la lógica duró bastante más: se desarrolló (por ejemplo con la nyāya) hasta que en el mundo islámico apareció la escuela de Asharite, la cual suprimió parte del trabajo original en lógica. A pesar de lo anterior, hubo innovaciones escolásticas indias hasta principios del siglo XIX, pero no sobrevivió mucho dentro de la India colonial. El tratamiento sofisticado y formal de la lógica moderna aparentemente proviene de la tradición griega.

Se considera a Aristóteles el fundador de la lógica como propedéutica o herramienta básica para todas las ciencias. Aristóteles fue el primero en formalizar los razonamientos, utilizando letras para representar términos. También fue el primero en emplear el término «lógica» para referirse al estudio de los argumentos dentro del «lenguaje apofántico» como manifestador de la verdad en la ciencia. Sostuvo que la verdad se manifiesta en el juicio verdadero y el argumento válido en el silogismo: «Silogismo es un argumento en el cual, establecidas ciertas cosas, resulta necesariamente de ellas, por ser lo que son, otra cosa diferente». Se refirió en varios escritos de su Órganon a cuestiones tales como concepto, la proposición, definición, prueba y falacia. En su principal obra lógica, los primeros analíticos, desarrolló el silogismo, un sistema lógico de estructura rígida. Aristóteles también formalizó el cuadro de oposición de los juicios y categorizó las formas válidas del silogismo. Además, Aristóteles reconoció y estudió los argumentos inductivos, base de lo que constituye la ciencia experimental, cuya lógica está estrechamente ligada al método científico. La influencia de los logros de Aristóteles fue tan grande, que en el siglo XVIII,

Immanuel Kant llegó a decir que Aristóteles había prácticamente completado la ciencia de la lógica.

Los filósofos estoicos introdujeron el silogismo hipotético y anunciaron la lógica proposicional, pero no tuvo mucho desarrollo. Por otro lado, la lógica informal fue cultivada por la retórica, la oratoria y la filosofía, entre otras ramas del conocimiento. Estos estudios se centraron principalmente en la identificación de falacias y paradojas, así como en la construcción correcta de los discursos. En el periodo romano la lógica tuvo poco desarrollo, más bien se hicieron sumarios y comentarios a las obras recibidas, siendo los más notables: Cicerón, Porfirio y Boecio. En el período bizantino, Filopón. Fue el árabe Averroes en rescatar y restablecer a occidente la lógica aristotélica con el nombre de Dialéctica en la Edad Media. La Lógica mantiene la condición de ciencia propedéutica. Así se estudia en la estructura de las enseñanzas del Trivium como una de las artes liberales pero sin especiales aportaciones en la Alta Edad Media. En su evolución hacia la baja edad media son importantes las aportaciones árabes de Al-Farabí; Avicena y Averroes, pues fueron los árabes quienes reintrodujeron los escritos de Aristóteles en Europa. En la baja edad media su estudio era requisito para entrar en cualquier universidad. Desde mediados del siglo XIII se incluyen en la lógica tres cuerpos separados del texto. En la *lógica vetus* y *lógica nova* es tradicional escritos lógicos, especialmente el Órganon de Aristóteles y los comentarios de Boecio y Porfirio. La *parva lógicalía* puede ser considerada como representativa de la lógica medieval. La evolución crítica que se va desarrollando a partir de las aportaciones de Abelardo dinamizaron la problemática lógica y epistemológica a partir del siglo XIII (Pedro Hispano; Raimundo Lulio, Lambert de Auxerre, Guillermo de Sherwood) que culminaron en toda la problemática del siglo XIV: Guillermo de Ockham; Jean Buridan; Alberto de Sajonia. Aquí están tratados una cantidad de nuevos problemas en la frontera de la lógica y la semántica que no fueron tratados por los pensadores antiguos. De especial relevancia es la problemática respecto a la valoración de los términos del lenguaje en relación con los conceptos universales, así como el estatuto epistemológico y ontológico de éstos.

Un nuevo enfoque adquiere esta lógica en las interpretaciones racionalistas de Port Royal, en el siglo XVII, (Antoine Arnauld; Pierre Nicole) pero tampoco supusieron un cambio radical en el concepto de la Lógica como ciencia. Los filósofos racionalistas, sin embargo, aportaron a través del desarrollo del análisis y su desarrollo en las matemáticas (Descartes, Pascal y Leibniz) los temas que van a marcar el desarrollo posterior. Son de especial importancia la idea de Descartes de una *Mathesis Universalis* y de Leibniz en la búsqueda de un lenguaje universal, especificado con precisión matemática sobre la base de que la sintaxis de las palabras debería estar en correspondencia con las entidades designadas como individuos o elementos metafísicos, lo que haría posible un cálculo o computación mediante algoritmo en el descubrimiento de la verdad. Aparecen los primeros intentos y realizaciones de máquinas de cálculo, (Pascal, Leibniz) y, aunque su desarrollo no fue eficaz, sin embargo la idea de una Mathesis Universal o «Característica Universal», es el antecedente inmediato del desarrollo de la lógica a partir del siglo XX. Kant consideraba que la lógica por ser una ciencia a priori había encontrado su pleno desarrollo prácticamente con la lógica aristotélica, por lo que apenas había sido modificada desde entonces. Pero hace un uso nuevo de la palabra «lógica» como lógica trascendental, en el sentido de investigar los conceptos puros del entendimiento o categorías trascendentales. La lógica del pensar trascendental acaba situándose en un proceso dialéctico como *idealismo subjetivo* en Fichte; *idealismo objetivo* en Schelling y, finalmente un *idealismo absoluto en* Hegel considera la lógica dentro del Absoluto como un proceso dialéctico del Espíritu Absoluto que produce sus determinaciones como concepto y su realidad como *resultado* en el devenir de la Idea del Absoluto como Sujeto cuya verdad se manifiesta en el *resultado* del movimiento mediante la contradicción en tres momentos sucesivos, tesis-antítesis-síntesis. La epistemología y la ontología van unidas y expuestas en la Filosofía entendida ésta como Sistema Absoluto.

A partir de la segunda mitad del siglo XIX, la lógica sería revolucionada profundamente. En 1847, George Boole publicó un breve tratado titulado *El análisis matemático de la lógica*, y en 1854 otro más importante titulado *Las leyes del pensamiento*. La idea de Boole fue construir a la lógica como un cálculo en el que los valores de verdad se representan mediante el 0 (falsedad) y el 1 (verdad), y a los que se les aplican operaciones matemáticas como la suma y la multiplicación. Al mismo tiempo, Augustus De Morgan publica en 1847 su obra *Lógica formal*, donde introduce las leyes de DeMorgan e intenta generalizar la noción de silogismo. Otro importante contribuyente inglés fue John Venn, quien en 1881 publicó su libro *Lógica Simbólica*, donde introdujo los famosos diagramas de Venn. Charles Sanders Peirce y Ernst Schröder también hicieron importantes contribuciones. Sin embargo, la verdadera revolución de la lógica vino de la mano de Gottlob Frege, quien frecuentemente es considerado como el lógico más importante de la historia, junto con Aristóteles. En su trabajo de 1879, la Conceptografía, Frege ofrece por primera vez un sistema completo de lógica de predicados. También desarrolla la idea de un lenguaje formal y define la noción de prueba. Estas ideas constituyeron una base teórica fundamental para el desarrollo de las computadoras y las ciencias de la computación, entre otras cosas. Pese a esto, los contemporáneos de Frege pasaron por alto sus contribuciones, probablemente a causa de la complicada notación que desarrolló el autor. En 1893 y 1903, Frege publica en dos volúmenes *Las leyes de la aritmética*, donde intenta deducir toda la matemática a partir de la lógica, en lo que se conoce como el proyecto logicista. Su sistema, sin embargo, contenía una contradicción (la paradoja de Russell).

El siglo XX sería uno de enormes desarrollos en lógica. A partir del siglo XX, la lógica pasó a estudiarse por su interés intrínseco, y no sólo por sus virtudes como propedéutica, por lo que estudió a niveles mucho más abstractos. En 1910, Bertrand Russell y Alfred North Whitehead publican Principia mathematica, un trabajo monumental en el que logran gran parte de la matemática a partir de la lógica, evitando caer en las paradojas en las que cayó Frege. Los autores reconocen el mérito de Frege en el prefacio. En contraste con el trabajo de Frege, *Principia mathematica* tuvo un éxito rotundo, y llegó a considerarse uno de los trabajos de no ficción más importantes e influyentes de todo el siglo XX. Principia mathematica utiliza una notación inspirada en la de Giuseppe Peano, parte de la cual todavía es muy utilizada hoy en día. Si bien a la luz de los sistemas contemporáneos la lógica aristotélica puede parecer equivocada e incompleta, Jan Lukasiewicz mostró que, a pesar de sus grandes dificultades, la lógica aristotélica era consistente, si bien había que interpretarse como lógica de clases, lo cual no es pequeña modificación. Por ello la silogística prácticamente no tiene uso actualmente.

Siempre he postulado que el conocer, entender y saber no son representativos de una inteligencia superior, sino de un destello intuitivo gracias a la cuestión que causa las sensaciones de pensamientos e ideas en el simio parlante, no obstante para demostrar que un cambio universal a nivel psíquico intelectual es posible, tengo que aprovechar aquellas ideas que desde los primeros filósofos comenzaron la carrera a establecer nuevos porque en el asunto cognoscitivo, para que se pueda deducir con facilidad de esta manera que una evolución consciente para toda la raza humana es posible. Creo que la chispa que le permite a el sujeto humano creer que posee la inteligencia es por causa de la radiación de neutrinos que en algún punto interactuaron con las neuronas del celebro humano, mas aun cuando se entiende que toda criatura en este planeta tiene en menor o mayor grado un sentido intuitivo en proceso de superar este fenómeno a través de la evolución natural pero que tomara milenios antes de que eso suceda, pero los simios parlantes con la capacidad que poseen en el presente pueden acelerar ese proceso. Todos estos argumentos tienen como objetivo principal demostrarles a los terrícolas que la intuición de que sus capacidades psíquicas e intelectuales pueden ser superadas, algo que siempre ha estado presente en todo mortal y representado por distintas vías, desde las ansias de explorar y curiosidad natural que los conduce a las ciencias humanas, hasta las supersticiones mas absurdas, estas circunstancias no son una cuestión al azar, existe un alto grado de predesignio que los humanos deben seguir. Por encima de esto esta obra sin importar el nivel de educación de los elegidos para leerla les enseñara a pensar en una dirección diferente y mucho mas elevada que la del simio parlante común, y aunque muchos tildaran esta obra como una de ficción o una utopia, el tiempo terrestre en su movimiento demostrara lo contrario.

Comencemos con Tales de Mileto (630 - 545 a. C.) propulsor del indagar de forma racional sobre el cosmos y el universo, considerado el primer filosofo dentro de la historia de la filosofía occidental, fundador de la escuela jónica de filosofía afirmo Aristóteles. Fue el primer sabio entre los siete sabios de Gracia y reconocido por su saber sobre astronomía, una leyenda dice que Pitágoras fue su protegido y estudiante. Tales fue un gran matemático para su época, en particular la geometría lo que se dice importo de Egipto hacia Grecia, no solo en teorías, sino que también algunos instrumentos básicos de esta disciplina. No hay una certeza histórica, pero se piensa que el teorema en donde un lado de un triangulo, la dimensión de su base es un rectángulo triangular:

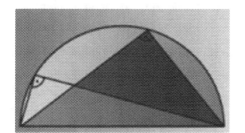

(Semicírculo que muestra un teorema de Tales.)

Asimismo es muy conocida la leyenda acerca de un método de comparación de sombras que Tales habría utilizado para medir la altura de las pirámides egipcias, aplicándolo luego a otros fines prácticos de la navegación. Se supone además que Tales conocía ya muchas de las bases de la geometría, como el hecho de que cualquier diámetro de un circulo lo dividiría en partes idénticas, que un triangulo isósceles tiene por fuerza dos ángulos iguales en su base o las propiedades relacionales entre los ángulos que se forman al cortar dos paralelas por una línea recta perpendicular. Los egipcios habían aplicado algunos de estos conocimientos para la división y parcelación de sus terrenos. Mas, según los pocos datos con los que se cuenta, Tales se habría dedicado en Grecia mucho menos al espacio (a las superficies) y mucho mas a las líneas y a las curvas, alcanzando así su geometría un mayor grado de complejidad y abstracción. Laercio afirma que algunos, como el poeta Corilio, declararon que fue el primero en sostener la inmortalidad del alma, (las primeras claves ocultas y fragmentadas a lo largo de la historia de los mortales) que, según nos refiere Aristóteles, es para Tales una fuerza motriz. (Lo que expreso Aristóteles es de suma importancia para el mensaje de esta obra) <<la inmortalidad del alma, una fuerza motriz.>>

Continuemos con Anaximandro, de origen Jonio, considerado el primer científico experimentado como vía para establecer un sistema demostrativo. Nació en los años 610 a. C. en la ciudad jonia de Mileto (Asia Menor) y murió aproximadamente en el 546 a.C. Discípulo y continuador de Tales, compañero y maestro de Anaxímenes, se le atribuye sólo un libro, que es sobre la naturaleza, pero su palabra llega a la actualidad mediante comentarios doxográficos de otros autores. Se le atribuye también un mapa terrestre, la medición de los solsticios y equinoccios por medio de un *gnomon*, trabajos para determinar la distancia y tamaño de las estrellas y la afirmación de que la Tierra es cilíndrica y ocupa el centro del Universo. La respuesta dada por Anaximandro a la cuestión del *arché* puede considerarse un paso adelante respecto a Tales (del que Anaximandro probablemente fue discípulo). El arché es ahora lo *ápeiron* (de *a:* partícula privativa; y *peras:*, límite, perímetro') es decir, lo indeterminado, lo ilimitado, que es precisamente, según hemos dicho, el concepto de lo que vamos buscando.

Lo que es principio de determinación de que toda realidad ha de ser indeterminado, y precisamente *ápeiron* designa de manera abstracta esta cualidad. Lo ápeiron es eterno, siempre activo y semoviente. Esta sustancia, que Anaximandro concibe como algo material, es «lo divino» que da origen a todo. De Anaximandro se conserva este texto, que es el primero de la filosofía y el primer texto en prosa de la Historia.

El principio (arché o arje) de todas las cosas es lo indeterminado ápeiron. Ahora bien, allí mismo donde hay generación para las cosas, allí se produce también la destrucción, según la necesidad; en efecto, pagan las culpas unas a otras y la reparación de la injusticia, según el orden del tiempo. Anaximandro ¿A qué se refiere esta «injusticia»? Puede tener dos sentidos. Primero, que toda existencia individual y todo devenir es una especie de usurpación contra el *arché*, en cuanto que nacer, individuarse, es separarse de la unidad primitiva (algo parecido se encuentra en las doctrinas budistas, que ven el mal en la individualidad). Y segundo, que los seres que se separan del arché están condenados a oponerse entre sí, a cometer injusticia unos con otros: el calor comete injusticia en verano y el frío en invierno. El devenir está animado por la unilateralidad de cada parte, expresada ante las otras como una oposición (esta idea se volverá a ver más tarde en Heráclito) En Anaximandro se encuentra ya una cosmología que describe la formación del cosmos por un proceso de rotación que separa lo caliente de lo frío. El fuego ocupa la periferia del mundo y puede contemplarse por esos orificios que llamamos estrellas. La tierra, fría y húmeda, ocupa el centro. Los primeros animales surgieron del agua o del limo calentado por el sol; del agua pasaron a la tierra. Los hombres descienden de los peces, idea que es una anticipación de la teoría moderna de la evolución.

Anaximandro fue el primer cartógrafo conocido al crear el primer mapa del Mundo. Su pensamiento se centra en que el principio de todas las cosas es ápeiron (sin límites, sin definición), es decir, lo indefinido, lo indeterminado. Este *ápeiron* es inmortal e indestructible, ingénito e imperecedero, pero que de él se engendran todas las cosas. Todo sale y todo vuelve al *ápeiron* según un ciclo necesario. De él se separan las sustancias opuestas entre sí en el mundo y, cuando prevalece la una sobre la otra, se produce una reacción que restablece el equilibrio según la necesidad, pues se pagan mutua pena y retribución por su injusticia según la disposición del tiempo. (primera mención del los mortales de la Gran Energía, lo cual comprenderán mas adelante en este libro).

Anaxímenes de Mileto (585 a.C.–524 a.C.) Filosofo griego, nació en Mileto, hijo de Euristrato. Fue discipulo de Tales de Mileto y compañero de Anaximandro, coincidiendo con el en que el principio de todas las cosas (en substrato que permanece invariable ante todos los cambios y el fin, o "telos" al que todo vuelve) (el *arjé/arché*) es infinito; aunque, a diferencia del *ápeiron* de su mentor, nos habla de un elemento concreto: el aire. Esta sustancia, afirmaba, se transforma en las demás cosas a través de la *rarefacción* y la *condensación*. La rarefacción genera el fuego, mientras que la condensación el viento, las nubes, el agua, la tierra y las piedras; a partir de estas sustancias se crea el resto de las cosas. Podría explicarse el cambio de estado del aire mediante el flujo entre dos polos, lo frío y lo caliente; pero varios fragmentos nos muestran que Anaxímenes pensaba inversamente, y creía que lo caliente y lo frío eran *consecuencia* y no *causa* de la rarefacción y la condensación respectivamente.

Se piensa que Anaxímenes compuso un libro, "Sobre la naturaleza", escrito, según Diógenes Laercio, "en dialecto jonio, y en un estilo sencillo y sin superfluidades."

Visión de Anaximenes:

1. Se opone a Anaximandro y a Tales en cuanto a la determinación del primer principio o "arje" que Anaximenes considera ser el aire.

Probablemente haya tomado esta elección a partir de la experiencia, influyendo la observación de los seres vivos y la importancia del fenómeno de la respiración; en cuanto toma como "arje" un elemento particular, su pensamiento supone un retroceso con respecto a Anaximandro; pero Anaximenes nos ofrece un mecanismo de explicación de la generación de las cosas a partir de otro elemento distinto de ellas: ese mecanismo de generación se apoya en las nociones de "condensación" y "rarefacción". Por condensación del aire, dice Anaximenes, se forman las nubes; si las nubes se condensan se forma el agua; la condensación del agua da lugar a la constitución del hielo de la tierra; y la condensación de la tierra da lugar a la constitución de las piedras y los minerales; el proceso inverso lo representa la rarefacción: piedra, tierra, agua, nubes, aire y, por ultimo la rarefacción del aire produciría el fuego.

2. En terminología moderna podemos decir que Anaximenes estaba intentando basar la explicación de lo cualitativo en lo cuantitativo; encontramos en el, por lo tanto, un intento de explicar el mecanismo de transformación de unos elementos en otros, del que no disponían Tales ni Anaximandro. Al igual que ellos insiste, sin embargo, en afirmar una causa material como principio del mundo y, por lo tanto, en tratar de llevar a la unidad la diversidad de la realidad observable.

Cosmología:

Anaximenes creía que la Tierra era plana "como una hoja", y que se formo por la condensación del aire; los cuerpos celestes, también planos, nacieron a partir de la Tierra debido a una rarefacción de su *neuma* o exhalación. Estos astros son de fuego (aire rarificado) y cabalgan sobre el aire, girando alrededor de la Tierra «como gira un gorro de fieltro en nuestra cabeza». Además existen otros cuerpos, sólidos e invisibles, que servirían para explicar los meteoritos y los eclipses. Anaximenes vuelve a concebir el aire como un elemento determinado: el aire (pneuma). Del aire cabe decir, como hemos dicho del agua en el caso de Tales, que es un elemento indispensable para la vida. La diversidad de los seres se debe a dos procesos del aire: rarefacción y condensación. El aire mismo es lo mas dilatado, una piedra es aire muy condensado. En asuntos meteorológicos, considero que los terremotos ocurren en periodos de sequía o de muchas lluvias, puesto que cuando la tierra esta seca se resquebraja y con el exceso de humedad se deshace. El rayo, el trueno y el relámpago se forman por el viento que corta las nubes; la lluvia cuando las nubes se condensan, el granizo cuando la lluvia se solidifica y la nieve cuando se le agrega una porción de viento.

Un fragmento muy discutido de Anaximenes dice que "así como nuestra alma, que es aire, nos mantiene unidos, de la misma manera el pneuma o aire envuelve al cosmos". Podría indicar una cierta correlación entre el ser humano y el mundo, ya que ambos tienen una exhalación (pneuma) y están cubiertos por el aire protector. Esta idea seria la base de la popular homologia posterior entre el hombre y el mundo, muy usada por la primera medicina.

En cuanto a la Física:

Anaximenes consideraba que la arche (pronunciese arje), Principio de Todas las Cosas es el aire. De el ha salido todo por condensacion y rarefaccion. El aire domina y mantiene unido al Cosmos de la misma manera que el alma lo hace con el cuerpo. Este Primer Principio tiene la capacidad de pensar, indispensable para gobernar. Observo que el cielo parecía girar alrededor de la estrella polar.

Entraremos ahora a explorar ah otro pensador de esta época, de hecho aquellos cuyas raíces simiescas estén bien atadas a los simplismos del individuo común y primitivo, encontrara poco o ningún interés en la lectura de estas cuestiones, auto declarándose haci mismo como parte de la gran masa idiotizada. Heráclito de Éfeso conocido también como «El Oscuro de Éfeso», fue un filósofo griego. Nació hacia el año 535 a. C. y falleció hacia el 484 a. C.. Natural de Éfeso, ciudad de la Jonia, en la costa occidental del Asia Menor (actual Turquía). Como los demás filósofos anteriores a Platón, muchas de sus obras se perdieron y quedan solo algunos fragmentos y comentarios de comentarios hechos por pensadores posteriores a ellos.

El legado y la obra de Heráclito es netamente aforística. Su estilo lleva a las sentencias del Oráculo de Delfos y reproduce la realidad ambigua y confusa que explica, usando el oxímoron y la antítesis para dar idea de la misma. Se le atribuye un libro titulado *Sobre la naturaleza*, que estaba dividido en tres secciones: «Cosmológica», «Política» y «Teológica». No se posee gran certeza sobre este libro.

Heráclito afirma que el fundamento de todo está en el cambio incesante. El ente deviene y todo se transforma en un proceso de continuo nacimiento y destrucción al que nada escapa. Es común incluir a Heráclito entre los primeros filósofos físicos (como los llamó Aristóteles), que pensaban que el mundo procedía de un principio natural (como el agua para Tales, el aire para Anaxímenes y el Ápeiron para Anaximandro), y este error de clasificación se debe a que, para Heráclito, este principio es el fuego, lo cual no debe leerse en un sentido literal, pues es una metáfora como, a su vez, lo eran para Tales y Anaxímenes. El principio del fuego refiere al movimiento y cambio constante en el que se encuentra el mundo. Esta permanente movilidad se fundamenta en una estructura de contrarios. La contradicción está en el origen de todas las cosas. Todo este fluir está regido por una ley que él denomina (Logos). Este *Logos* no sólo rige el devenir del mundo, sino que le *habla* (*indica* y *da signos*) al hombre, aunque la mayoría de las personas «*no sabe escuchar ni hablar*» El orden real coincide con el orden de la razón, una «*armonía invisible, mejor que la visible*» aunque Heráclito se lamenta de que la mayoría de las personas viva relegada a su propio mundo, incapaces de ver el real. Si bien Heráclito no desprecia el uso de los sentidos (como Platón) y los cree indispensables para comprender la realidad, sostiene que con ellos no basta y que es igualmente necesario el uso de la inteligencia, como afirma en el siguiente fragmento:

Se engañan los hombres acerca del conocimiento de las cosas visibles, de la misma manera que Homero, quien fuera considerado el más sabio de todos los griegos. A él, en efecto, unos niños que mataban piojos lo engañaron, diciéndole: 'cuantos vimos y atrapamos, tantos dejamos; cuantos ni vimos ni atrapamos, tantos llevamos.' Al uso de los sentidos y de la inteligencia, hay que agregarle una actitud crítica e indagadora. La mera acumulación de saberes no forma al verdadero sabio, porque para Heráclito lo sabio es «*uno y una sola cosa*», esto es, la teoría de los opuestos. Quizás el fragmento más conocido de su obra dice: En los mismos ríos entramos y no entramos, pues somos y no somos los mismos.

La importancia de Heráclito en esta obra se ira percibiendo a medidas que aquel que llegase a comprender estas cosas vera una línea recta entre estas palabras sacadas del pasado y el presente que vive la humanidad.

El fragmento (citado con frecuencia erróneamente como *no se puede entrar dos veces en el mismo río*, siguiendo a la versión que da Platón en el *Crátilo*) ejemplifica la doctrina heraclítea del cambio: el río que no deja de ser el mismo río ha cambiado sin embargo casi por completo, así como el bañista. Si bien una parte del río fluye y cambia, hay otra (el *cauce*, que también debe interpretarse y no tomarse en un sentido literal) que es relativamente permanente y que es la que guía el movimiento del agua. Algunos autores ven en el cauce del río el logos que «todo rige», la medida universal que ordena el cosmos, y en el agua del río, el fuego. A primera vista esto puede parecer contradictorio, pero debe recordarse que Heráclito sostiene que los opuestos no se contradicen sino que forman una unidad armónica (pero no estática). Es razonable, entonces, que la otra cara del agua sea el fuego, como él mismo lo adelanta en sus fragmentos. A pesar que existen ciertas similitudes entre Heráclito y Parménides, las doctrinas de ambos siempre han sido contrapuestas (con cierto margen de error), ya que la del primero suele ser llamada «del devenir» o (con cierto equívoco) «del todo fluye», mientras que el ser parmenídeo es presentado como una esfera estática e inmóvil. Era conocido como «el Oscuro», por su expresión lapidaria y enigmática. Ha pasado a la historia como el modelo de la afirmación del devenir y del pensamiento dialéctico. Su filosofía se basa en la tesis del flujo universal de los seres: (Todo fluye.) El devenir está animado por el conflicto: *«La guerra (*pólemos*) es el padre de todas las cosas»*, una contienda que es al mismo tiempo armonía, no en el sentido de una mera relación numérica, como en los pitagóricos, sino en el de un ajuste de fuerzas contrapuestas, como las que mantienen tensa la cuerda de un arco. Para Heráclito el arjé es el fuego, en el que hay que ver la mejor expresión simbólica de los dos pilares de la filosofía de Heráclito: el devenir perpetuo y la lucha de opuestos, pues el fuego sólo se mantiene consumiendo y destruyendo, y constantemente cambia de materia. Ahora bien, el devenir no es irracional, ya que el logos, la razón universal, lo rige: *«Todo surge conforme a medida y conforme a medida se extingue»*. El hombre puede descubrir este logos en su propio interior, pues el logos es común e inmanente al hombre y a las cosas (la doctrina de Heráclito fue interpretada, olvidando esta afirmación del logos, en la filosofía inmediatamente posterior sobre todo, en Platón como una negación de la posibilidad del conocimiento: si nada es estable, se niega la posibilidad de un saber definitivo). De Heráclito es también la doctrina cosmológica del eterno retorno: la transformación universal tiene dos etapas que se suceden cíclicamente: una descendente por contracción o condensación, y otra ascendente por dilatación. He aquí algunas frases que se le atribuyen a Heráclito:

- «La armonía invisible es mayor que la armonía visible».
- «Ni aun recorriendo todo camino llegarás a encontrar los límites del alma; tan profundo logos tiene».
- «Pero aunque el logos es común, casi todos viven como si tuvieran una inteligencia particular».
- «Conviene saber que la guerra es común a todas las cosas y que la justicia es discordia».
- Heráclito reprocha al poeta que dijo: «¡Ojala se extinguiera la discordia de entre los dioses y los hombres!», a lo que responde: «Pues no habría armonía si no hubiese agudo y grave, ni animales si no hubiera hembra y macho, que están en oposición mutua»

Hurgar en el pensamiento, ideas y razonamiento de estos filósofos es la base de una evolución consciente de la psiquis, pues no se puede abandonar un lugar que no hemos visitado. Continuemos con el próximo; Anaxgoras (500 - 428

a. C.) Filosofo presocrático que introdujo la noción de *mente* o *pensamiento*) como elemento fundamental de su concepción física.

Nació en Clazomene (en la actual Turquia) y se traslado a Atenas (hacia 483 a. C.), debido a la destrucción y reubicación de Clazomene tras el fracaso de la revuelta jonica contra el dominio de Persia. Fue el primer pensador extranjero en establecerse en Atenas. Entre sus alumnos se encontraban el estadista griego Pericles, Arquelao, Protágoras de Abdera, Tucidides, el dramaturgo griego Eurípides, y se dice que también Demcrito y Sócrates.
conocedor de las doctrinas de Anaximenes, Parmenides, Zenon y Empedocles, Anaxagoras habia enseñado en Atenas durante unos treinta años cuando se exilio tras ser acusado de impiedad al sugerir que el Sol era una masa de hierro candente y que la Luna era una roca que reflejaba la luz del Sol y procedía de la Tierra. Marcho a Jonia y se estableció en Lampsaco (una colonia de Mileto), donde, según dicen, se dejo morir de hambre Es seguro, en todo caso, que en tal lugar fue venerado e incluso debió de haber un grupo de seguidores suyos. (EL hombre de negro que me mostró todas estas cosas, en el 1967, me dijo en dado momento que en cualquier mundo, plano, dimensión o época, era mejor morir por una verdad absoluta que vivir por cien supuestas verdades, con el pasar de las décadas he comprendido esas palabras.)

Anaxagoras expuso su filosofía en su obra *Peri physeos* (*Sobre la naturaleza*), pero solo algunos fragmentos de sus libros han perdurado.
Para explicar la pluralidad de objetos en el mundo dotados de cualidades diferentes, recurre a la suposición de que todas las cosas estarían formadas por partículas elementales, que llama con el nombre de «semillas» (*spermata*, en griego). Mas tarde Aristoteles llama a estas particulas con el nombre de homeomerias (partes semejantes). Segun Aristoteles, Anaxagoras concibe el *nous* como origen del universo y causa de la existencia, pero a la vez trata de explicarse y llama a encontrar las cosas cotidianas de lo que ocurre en el mundo. Por otro lado, hizo formar parte de su explicacion de la realidad al concepto de *nous*, *inteligencia*, la cual, siendo un «fluido» extremadamente sutil, se filtra por entre los recovecos de la materia, a la que anima con su movimiento. El *nous* penetra algunas cosas y otras no, con lo que se explica, siguiendo a Anaxagoras, la existencia de objetos animados e inertes. Platón en el *Fedon* se muestra de acuerdo con la afirmación según la cual el *nous* es la causa de todo y conduce al orden y la armonía, pero discrepa con la búsqueda de las causas materiales emprendida por Anaxagoras. Su doctrina del *nous* fue mas tarde adoptada críticamente por Aristoteles. Las diferencias entre las concepciones de uno y otro pueden apreciarse con este ejemplo: Para Anaxagoras los humanos

pudieron hacerse inteligentes debido a que tenían manos, en cambio para Aristoteles el hombre recibió manos debido a que tenia inteligencia.

Empedocles de Agrigento (h.495/490-h.435/430 a. C.), fue un filosofo y político democrático griego. Cuando perdió las elecciones fue desterrado y se dedico al saber. Postulo la *teoría de las cuatro raíces*, a las que Aristoteles mas tarde llamo elementos, juntando el agua de Tales de Mileto, el fuego de Heráclito, el aire de Anaximenes y la tierra de Jenofanes las cuales se mezclan en los distintos entes sobre la Tierra. Estas *raíces* están sometidas a dos fuerzas, que pretenden explicar el movimiento (generación y corrupción) en el mundo: el Amor, que las une, y el Odio, que las separa.

Estamos, por tanto, en la actualidad, en un equilibrio. Esta teoría explica el cambio y a la vez la permanencia de los seres del mundo. El hombre es también un compuesto de los cuatro elementos. La salud consiste en cierto equilibrio entre ellos. El conocimiento es posible porque lo semejante conoce lo semejante: por el fuego que hay en nosotros conocemos el fuego exterior, y así los demás elementos. La sede del conocimiento seria la sangre, porque en ella se mezclan de modo adecuado los cuatro elementos de la naturaleza.
Posteriormente Demcrito postularía que estos elementos están hechos de átomos. Sostiene una curiosa teoría sobre la evolución orgánica por su teoría de las *raíces*. Suponía que en un principio habría numerosas partes de hombres y animales distribuidas por azar: piernas, ojos, etc. Se formarían combinaciones aleatorias por atracción o Amor, dando lugar a criaturas aberrantes e inviables que no habrían sobrevivido.

Aristóteles le atribuye un experimento para demostrar la presión del aire como sustancia independiente usando una clepsidra. También descubrió la fuerza centrifuga y el sexo de las plantas. En astronomía identifico correctamente que la luz de la Luna no era luz propia sino reflejada, y creía lo mismo del Sol. También considero que la Tierra era una esfera aunque esto parece estar mas relacionado con su cosmología según la cual esta esfera representante del mundo material se llenaba y vaciaba de amor o lucha. Una leyenda afirma que murió lanzándose al Etna para tener un final digno de su divinidad, aunque parece mas probable que muriese en el Peloponeso. Escribió los poemas *De la naturaleza* y *Las purificaciones*, de los cuales se conservan fragmentos. Estudios de finales del siglo XX llevan a suponer que las dos obras fueron originalmente una sola. Fuentes verificables afirman que Empedocles fue un filosofo de gran envergadura también entre los egipcios.

Dando un vistazo a la biografía de este filosofo podrá el individuo simple por intuición llegar a ciertas conclusiones sobre ideales actualmente predominantes y algunos datos supuestamente históricos, un pequeño paso hacia la lógica y erradicación de los vicios del pensamiento. Realmente se conoce muy poco de la vida de Empedocles; su personalidad esta envuelta en la leyenda, que lo hace aparecer como mago y profeta, autor de milagros y revelador de verdades ocultas y misterios escondidos. Se sabe, no obstante, que Empedocles nació en el seno de una familia ilustre, y llego a ser jefe de la facción democrática de su ciudad natal. Su fama como científico y medico-taumaturgo, unida a su posición social, le permitió ocupar importantes cargos en la vida publica. El final de su vida lo paso exiliado en el Peloponeso. Se forjaron varias versiones en torno a su muerte, la mas conocida de todas es aquella según la cual se habría arrojado al volcán Etna para ser venerado como un dios por sus conciudadanos. De sus escritos se conservan únicamente *Los Políticos*, el tratado *Sobre la medicina*, el *Proemio a Apolo, Sobre la naturaleza* (solo se conservan unos 450 versos de los 5.000 de que constaba la obra) y *Las Purificaciones* (de argumento místico e inspirado en el orfismo). Parece que hay que considerar espurias las tragedias que se le atribuyen. Escribió sus obras en forma de poemas. Su doctrina parece depender en muchos puntos de Parmenides, a quien se supone que conoció en un viaje a Elea. En sus obras Empedocles comienza, como Parmenides, estableciendo la necesidad y perennidad del ser. Pero su originalidad consiste en conciliar dicha necesidad con el devenir, con el transcurrir de todo. Intentando responder a esta cuestión, nos habla de cuatro «raíces» *(rhicómata)* eternas, los cuatro elementos naturales. Estas raíces corresponden a los principios (*arché*) de los pensadores cónicos, mas, a diferencia de estos, que se transforman cualitativamente y se convierten en todas las cosas, las raíces de Empedocles permanecen cualitativamente inalteradas: son originarias e inmutables (se prepara así la noción de «elementos»). Lo que provoca el cambio son dos fuerzas cósmicas que el llama Amor y Odio. (También en esto Empedocles prepara el camino para la causa o fuerza natural). Para Empdocles, el Amor tiende a unir los cuatro elementos, como atracción de lo diferente; el Odio actúa como separación de lo semejante. Cuando predomina totalmente el Amor, se genera una pura y perfecta esfera toda ella igual e infinita, que goza de su envolvente soledad.

El Odio comienza entonces su obra, deshaciendo toda la armonía hasta la separación completa del caos. De nuevo el Amor interviene para volver a unir lo que el Odio ha separado, y así, las dos fuerzas, en sus cíclicas contiendas, dan vida a las diversas manifestaciones del cosmos. Los cuatro elementos y las dos fuerzas que lo mueven explican asimismo el conocimiento, según el principio de que lo semejante se conoce con lo semejante. Las cosas emanan flujos que, pasando a través de los poros de los elementos, determinan el contacto y el reconocimiento. Sobre estas bases Empedocles dedico gran interés a la observación de la naturaleza (botánica, zoología y fisiología), y expuso originales concepciones sobre la evolución de los organismos vivos, la circulación de la sangre, y la sede del pensamiento en el corazón, tesis acogida durante mucho tiempo por la medicina. Esta doctrina de la evolución y transformación de todos los seres le da pie para la teoría de la metempsicosis: Por ley necesaria los seres expían sus delitos a través de una serie de reencarnaciones. «Yo he sido ya, anteriormente, muchacho y muchacha, arbusto, pájaro y pez habitante del mar». Solamente los hombres que logren purificarse podrán escapar por completo del circulo de los nacimientos y volver a morar entre los dioses.

"Si se observa en la biografía de este pensador, podemos acariciar en ella muchos elementos que posteriormente se les atribuye a personajes místicos que han influenciado la historia de el hombre a través de las llamadas religiones y sus súper héroes, excepto el judaísmo dentro de lo cual encontramos que lograron descifrar en sus libros religiosos espectaculares secretos ocultos en forma de códigos, esto hecho por doctores de la ley y rabinos."

Empédocles y su visión del hombre:

La teoría de los cuatro elementos que han de estar en armonía, permite elaborar una concepción de salud, que tendrá amplia repercusión en la medicina griega posterior. Utilizando otros términos distintos Empédocles considera al hombre un microcosmos (El hombre, concebido como resumen completo del universo o macrocosmos), una suerte de mundo microscópico (dado que contiene los mismos elementos) y ello le permite formular una explicación de conocimiento por «simpatía»: «lo semejante conoce a lo semejante». Así, las emanaciones que proceden de las cosas entran por los poros del cuerpo humano, yendo a encontrar lo semejante que en este hay:
«Vemos la tierra por la tierra, el agua por el agua, el aire divino por el aire y el fuego destructor por el fuego. Comprendemos el amor por el amor y el odio por el odio.» Fr. 109) Es decir un elemento lleva al otro y es necesaria la existencia de uno para la existencia del otro Para Empédocles, la realidad es concebida como una esfera, lo cual sugiere que parte de la concepción de Parmenides. La esfera de Empedocles equivale al Ser de Parmenides, aunque a diferencia de este ultimo, no niega el valor de las apariencias porque para el, hay movimiento y hay pluralidad de seres. Lo que hace es introducir dentro de la esfera a la variedad: en su interior se encuentran los cuatro elementos. Podría decirse pues, que inspirándose en Tales, Anaximenes, Heráclito y Jenofanes, a una de todos ellos sus elementos primigenios. Cada uno de estos elementos es eterno e imperecedero, pero al mezclarse entre si dan lugar a la diversidad de seres y cambios que se observan en el mundo.

La mezcla de los elementos es producido por dos fuerzas cósmicas: el amor y el odio. Son fuerzas que también se encuentran en el hombre y que al explicar en su lucha todo cuanto sucede, determinan la visión trágica que Empedocles tiene de la existencia:

Estos elementos no cesan nunca su continuo cambio. En ocasiones se unen bajo la influencia del Amor, y de este modo todo devienen lo Uno; otras veces se disgregan por la fuerza hostil del Odio y tienen una vida inestable Este mismo combate de dos fuerzas se ve claramente en la masa de los miembros mortales. A veces, por efecto del amor, todos los miembros que posee el cuerpo se reúnen en unidad, en la cima de la vida floreciente. Pero otras veces, separados por el odio cruel, vagan por su lado a través de los escollos de la existencia.» Fr. 17-20. Para Empédocles, la vida del hombre es unánime. El ocultar profundos conceptos de manera codificada se hizo de La necesidad de evitar persecuciones por parte de reyes y enemigos de cualquier cosa que pusiera en peligro las dinastías de las distintas épocas, cuestión que aun en el presente es costumbre. El verdadero significado al usar esto mortales las palabras amor y odio ocultan los sentidos de verdad, conocimiento evolucionado y potencial de la raza humana a la transformación, el odio obviamente representa la ignorancia total.

(En los próximos escritos citares muchos, quizás pocos filósofos pero recuerda si estas leyendo estas cosas, que todo va dirigido a una evolución consciente, la tuya.) Será pues tu decisión bajar del árbol o quedarte en el.

Como anticipe mi intención no es escribir de forma cronológica, mas si es un factor que muchas de las referencias que traigo son memorias de libros que mi abuelo Tomas me leyó entre los ocho y doce años y otros que a su muerte yo leí entre 1972-1980. Pero esto no es cuestión al azar, de cierta manera todo lo expuesto debe por sentido común estimular algún área del celebro del lector que le prepare para comprender los elementos y objetivos de la evolución consciente. Este trabajo es segregante, un buscador de mentes con verdadero potencial de evolucionar en todos los sentidos de la mente común que por capaz e intelectual pueda ser, no necesariamente tiene que tener el potencial evolutivo. Comenzaremos con Immanuel Kant (Konigsberg, Prusia, 22 de abril de 1724 – Konigsberg, 12 de febrero de 1804) fue un filosofo prusiano de la Ilustración. Es el primero y mas importante representante del criticismo y precursor del idealismo alemán y esta considerado como uno de los pensadores mas influyentes de la Europa moderna y de la filosofía universal. Kant en la *Crítica de la razón pura* parte asumiendo los resultados del empirismo, afirmando el valor primordial que se le da a la experiencia, en tanto esta permite presentar y conocer a los objetos, desde la percepción sensible o intuición (*Anschauung*). La capacidad de recibir representaciones se llama sensibilidad, y es una *receptividad*, pues los objetos vienen dados por esta. La capacidad que tenemos de pensar los objetos dados por la sensibilidad se llama entendimiento. Las intuiciones que se refieren a un objeto dado por las sensaciones se llaman intuiciones empíricas y el objeto sensible constituido por la sensación y las categorías a priori de espacio y tiempo impresas por el hombre, se llama *fenómeno* (termino de origen Griego que significa "aquello que aparece"). Asimismo a las representaciones en las que no se encuentra nada perteneciente a la sensación se las llama puras. Se sigue que la ciencia de la sensibilidad es llamada Estética trascendental, que forma parte de la Doctrina Trascendental de los Elementos en la *Crítica de la razón pura*. El empleo del termino (Estética) en Kant difiere del uso que hizo Alexander Gottlieb Baumgarten del mismo termino, en cuanto ciencia de lo bello. El uso de Kant es en realidad mas fiel a la etimología, viene de *aisthesis*, que significa 'sensación, sensibilidad') pero el de Baumgarten tuvo mejor fortuna. La Estética trascendental muestra que, a pesar de la naturaleza receptiva de la sensibilidad, existen en ella unas condiciones *a priori* que nos permiten conocer, mediante el entendimiento, los objetos dados por el sentido externo (intuición). Estas condiciones son el espacio y el tiempo.

A priori podemos ver en este fragmento del pensamiento Kantiano que la capacidad de evolucionar psíquicamente a nivel consciente es una un posibilidad inequívoca para el genero humano. El papel de lo pragmático y lo coherente es base al expresar un determinado postulado, en este tratado es un mero fundamento, no obstante que la pragmática y sus elementos, (Psicolingüística, filosofía del lenguaje, filología...) están presente. En el análisis pragmático se analizan diferentes variables relevantes para la comprensión de un enunciado o para explicar la elección de determinadas formas de realizar el enunciado en función de los factores contextuales. Entre las variables notables están:

- La situación: En esta parte se analiza el lugar y el tiempo donde ocurre el discurso.
- El contexto del núcleo cultural.
- El conjunto de personas presentes y el tipo de correlación.
- La información que se comparte de forma concreta.
- Interlocutor
- Receptor
- El enunciado y el tono fonético del mensaje.

Por tanto romper los esquemas culturales, emotivos, sentimentalismos y vicios del ego es una cuestión difícil y ardua tarea para lograr la visión de una evolución consciente. A prima fase la cuestión pragmática se hace necesaria para ir formando un sentido de necesidad de evolucionar de forma consciente en el individuo. De hecho esta obra no esta escrita para anafalbetas é ignorantes, conste que un individuo de alto nivel intelectual puede tener gringolas creadas por el egocentrismo y resistirse a voltear su pensamiento hacia nuevos horizontes. Los primeros y los segundos se pueden ir a las islas al noroeste de África, conocidas como carajos, digo si mi recuerdos de la geografía no me falla.

Haciendo alusión al empirismo de William James (1810-1919) demostrar la hipótesis de que $(E+C=P{\rightarrow}F)$, es decir Evolución mas estado consciente es igual potencial futuro, estableciendo una posible realidad no explorada, para esto tenemos que retroceder a un axioma de René Descartes (1596-1650) <COGITO ERGO SUM> (pienso luego existo) frase medular dentro del contexto de la tesis que nos compete y primer paso en la vía de la transformación radical del estado psíquico intelectual primitivo y estancado de la raza humana. Primer grito de revolución evolutiva a favor del genero humano, así como en el pasado desde profetas, místicos y los llamados "hombres santos" trataron de dejar establecido y el vicio de poder por parte de unos pocos desviaron a través de la historia, no importa que estos personajes sean o no míticos o reales, la ambición de los mortales hicieron sombras de lo que estaba llamado a ser luz. Continuaremos mas adelante con este tópico que es vital para arrancar vendas de los ojos y tapones de los oídos, pues la ignorancia y los fanatismos son los padres de todo mal.

Es vital no olvidar la cita del grito revolucionario ya expuesta; (cogito ergo sum+pienso luego existo.) Esta en cada homo sapiens determinar su propio camino, lamentablemente la arrogancia omite en ese derecho natural el hecho de que cada acción por simple que esta sea crea una reacción en cadena que afecta el colectivo. Como ejemplo sencillo digamos que la necesidad de comer fisiológica (hambre) impulsa a comprar un gran plato de comida, se comienza a ingerir el mismo, los gases provocan a mitad del acto guloso la sensación de satisfacción y llenura estomacal, quedan tres opciones, descartar esa mitad sobrante, llevársela para el hogar para comer mas tarde o haber comprado algo menos opulento, pero en ningún momento se piensa en los millones de individuos que a diario mueren o sufren de hambre, en que cada día las condiciones del medio ambiente del planeta actual han provocado una merma en los alimentos disponibles, consecuencias; indirectamente se es responsable del hambre que otros sufren o de la muerte de un ente humano por inanición, se contribuye con incrementar la escasez de alimentos en el planeta. Una actitud refleja y autónoma sin control sobre los impulsos biológicos, una actitud del primate que en la jungla arranca y destruye una planta de bananos para ingerir solo unos cuantos frutos. Antes de desperdiciar alimentos visualiza a los hambriento o mírate a ti mismo como un simio en la selva. Desde siempre he practicado la mesura y al momento de comer no tomo mas de lo necesario y solo ingiero alimentos cuando es necesario aun cuando mi condición de diabético me provoca un apetito constante usualmente solo hago un comida al día. Para los especuladores, desarrolle la diabetes gracias a un antibiótico que se me receto para una infección. Aplicar un análisis profundo de todas las posibilidades aun en las cosas mas simples del día como es lavarse las manos o cualquier actividad cotidiana, siempre te guiara a tomar la decisión mas correcta: "Por cuanto el recurso del agua esta escaseando, al lavarme las manos, primero en seco me aplico el jabón liquido y abro el grifo para enjuagar rápidamente." Resultado pensamiento consciente evolucionado; 1-Contribuyes a preservar el recurso natural del agua que ya esta casi en el fondo y ultimas, economizas tiempo e incluso dinero al gastar menos del preciado liquido.

El propósito implícito de ir desarrollando una narrativa poco convencional y ortodoxa es forzar tu subsconciente a sentir que mas allá de la supuesta realidad objetiva y de el sujeto, es posible alcanzar una nueva dimensión individual y colectiva fundamentada en el desarrollo de un impulso evolutivo derteminativo que logre establecer un nuevo sistema dinámico para el control de las ideas y por ende la eliminación de los rasgos primitivos en estos impulsos sobre el ente humano. Esto por consiguiente guiaría a una especie aun muy primitiva ha elevar sus capacidades cognoscitivas deteniendo un estancamiento arraigado en valores emotivos e impulsos sentimentalistas subsconcritos a la redundante condición de rasgos primitivos en la psiquis de la raza humana, que es la causa base de toda situación negativa en las sociedades y que afecta de forma directa a el sujeto. Paradójicamente para el logro de este objetivo se tiene que alcanzar una deshumanización que denomino positiva puesto que la condición humana en términos de sus lazos genéticos con el hombre de las cavernas es latente, es por esto que las ciencias y sus descubrimientos poseen dos elementos negativos; 1- se fundamentan en la curiosidad innata de la parte simia humana. 2- todo descubrimiento degenera en uso bélico, explotación de las masas y la comercialización. Si así, aun cuando el intelecto humano utiliza su intuición y la denomina inteligencia, sigue sumergido en un desgaste neuro intelectual cuando comprendemos que el simio parlante en su mas alto nivel solo utiliza menos del 3% de su capacidad total. Alcanzar elevar ese por ciento de forma básica a un 8 o 10% seria suficiente para establecer las pautas para la evolución consciente y erradicación de todo mal social y elevar a el ente homo sapiens a dimensiones superiores de verdadero conocimiento e inteligencia.

Hemos vistos distintas Corrientes de ideas y pensamientos através de un breve análisis o presentación de los esfuerzos de la mente humana de explicar el porque de las cosas, un corto compendio de los filósofos que de una u otra forma asentaron las bases para dar paso a la oportunidad de establecer ideas explicativas del macro, micro cosmos y representar esas ideas como elementos finales y categóricos, abriendo las brechas de siglos de una guerra de ideas y competencia por demostrar la superioridad de cada postulado y su establecimiento como la verdad final. Entre contradicciones y paradojas en uno que otro punto todos dejaron ver un pequeño destello de razón o posibilidad de esta. No obstante esta competencia lejos de ampliar las fronteras de la psiquis humana las estancaba en discusiones de posibilidades, en este sentido son lo único positivo que en su contenido formal poseían estos intentos de razonamientos por parte de aquellos filósofos.

El ultimo y gran profeta de todos los tiempos fue Carl Gust Jung, mártir y victima de interese clericales, de aquellos que prefirieron imponer el absurdo de las ideas psicosexuales de Freud y opacar a Jung. ¿La razón para esta conspiración en contra de Jung? Si las ideas de Jung hubiesen prosperado y establecido reglas conductuales, nuestra sociedad fuera totalmente diferente y alejada de los desastres sociales y mundiales de nuestra época, una oportunidad correctiva vilmente asesinada por la enajenación y deseos de poder de sectores que bien sabían que si Jung arriazaba sus ideas y pensamientos, el marco de poder que mantenían y aun mantienen estos intereses sobre billones de seres humanos y sobre todo el poder económico y político que poseen, hubiesen desaparecido, pues bien es cierto que estos poderes propulsan los grandes males de esta humanidad cada vez mas decadente y parasítal que ha destruido el estado natural del hombre.

A los 14 años sentí interés por estudiar algunas obras de Jung y termine con su biografía, en donde dejo escrito el enigma del pleroma, mas aun el misterio del porque sus herederos no deseaban que su libro rojo (no se confunda con el libro rojo de Mao) o los fragmentos de estos escritos no fueran publicados ni traducidos. Con esto en mente y através de mucho investigar, paciencia y determinación con el curso de los años he descubierto factores que Jung dejo escrito de forma codificada una vía para propulsar el avance de la evolución consciente y/o por intuición sabia que esta idea afloraría cuando la humanidad mas lo necesitara. Aun los mas eruditos y estudiosos del fenómeno Jungniano al enfrentarse con los enigmas de Jung solo pueden especular. Cuando Jung escribe de manera cuasi medieval y hace alusión a ciertos elementos de metafísica combinados con alusiones a historias y leyendas sobre la base de los, mitos y su constante insistir en el simbolismo y la importancia de estos para el balance de la psiquis humana, lo hace con un propósito muy bien definido de confundir a los que tratarían de precisamente hurgar en lo mas profundo de sus ideas y descifrarlas, una trampa muy astuta e intelectual, dado que el mismo condena a la religión y las ciencias como métodos para la liberación del hombre de sus vicios cognoscitivos. Cuando refiere en sus reflexiones que para el auto conocimiento el hombre debe de rebuscar en las ideas del pasado, no lo hace como una sugerencia categórica, sino como una pista inquisitiva para que se comprenda que el ente humano tiene y debe buscar nuevas fronteras así como lo hicieron aquellos místicos y escritores de la antigüedad pero que por el momentum historico se vieron cohibidos. La inteligencia de Jung estaba por encima del promedio y supo de forma radical ocultar sus verdaderos conocimientos e ideas pretendiendo circunstancias personales, pero en el fondo el tenia claro que medio siglo después o un poco mas adelante su verdad constructiva y de avanzada serviría para provocar un cambio universal en todos los ámbitos sociales, la habilidad de Jung para jugar con las ideas fue única y sin ser un profeta anuncio un Apocalipsis no como el de las fabulas bíblicas, sino en el sentido del final de los tiempos primitivos de la humanidad, final que costara sacrificios, sangre y luchas, pero que prevalecerá pues las masas son mas poderosas que los micro grupos que controlan las influencias sociales. O esta revolución sucede o el retroceso de la humanidad traspasara la época cavernícola. Lo fascinante es que reaparece dentro de todo este contexto una gran figura del siglo XX, Gandhi, pues la revolución Jungniana sera una sin violencia a pesar de los sacrificios, sangre y luchas, pues las bestias que se sientan en los siete tronos se resistirán a perder su poder y control. Pero a medida que el concepto de la evolución consciente vaya ganando terreno, las bestias se quedaran sin garras, sin armas y tendrán que claudicar a milenios de control y poder. Históricamente todo comienza con un rumor, luego una posibilidad y por ultimo la consumación del devenir y siempre este es inevitable y Jung lo deja establecido entre líneas. Es dado a todo esto que Jung utiliza de escaparate sus supuestos sueños para dejar oculto el mensaje, queriendo decir que la realidad se forma através de idealistas y soñadores. Por esto digo al principio de este fragmento que Carl Gust Jung es el ultimo y gran profeta de la humanidad, solo una mente a plenitud consciente de si misma podía ver como el hombre perdía su capacidad de crear fabulas con fundamentos constructivos, y para Jung era mas importante tener consciencia del fenómeno de los objetos, del cruel "YO" y de la substancia inmediata, pero no dejarse controlar por estos, mas bien ser la idea de todo, mas no la idea misma.

Sumergido en todo estos conceptos de Jung, aunque sin que esto formen parte de mi propia vision o mis ideas sean contaminadas por el pensamiento del suizo, el enigma del pleroma del Jung es un simple decir; "Vacíate de todos tus vicios mentales, emotivos y sentimientos, vuelve a la nada para que des paso a un hombre nuevo, a una consciencia plena de las realidades que las vendas que cubren tus ojos ahora desaparezcan, así veas mas allá del hombre simple y manejable del pasado y del presente." Estoy claro que los críticos de estas cosas argumentaran una y mil cosas para evitar que seas libre, pero alcanzar esa libertad es solo una decisión muy personal a la que has de llegar por reflexión y no por lo aquí escrito. Los chacales, buitres y serpientes que controlan tu vida actual de forma sutil y muy subliminal harán lo indecible por evitar que la libertad se manifieste, estos serán los primeros en mostrar su rostro verdadero al oponerse a estos postulados, pero no olvides que el excremento aun perfumándolo sigue siendo mierda. Y sacarte de la letrina que llaman civilización y en la que has estado toda tu vida hasta el cuello no es tarea fácil, aun cuando te logres escapar siempre cargaras parte de la pestilencia para la que tu mente fue acondicionada desde el día en que fuiste gestado en útero humano. Probablemente las bestias que controlan hasta lo que comes haciéndote sentir que es una decisión que tu tomas, trataran de asociar esta obra con todo lo que asusta a las mentes débiles, dirán; (Quien escribió estas cosas solo refleja su propia frustración e inconformidad con la sociedad, es un paciente con problemas psiquiátricos, un socialista extremista, un existencialista soñador, un neo nazi, un radical, etc. etc.) Pues a esos posibles críticos cobardes, desde ya sepan que me masturbo con una gran sonrisa sobre sus opiniones. Si bien es cierto que muchas de las referencias que hago através de estos escrito provienen de lecturas que hice durante mi niñez y adolescencia, el hecho de que durante décadas he observado a la raza humana y las naciones en su comportamiento como quien observa hormigas con una lupa, me dan cierta autoridad para expresarme. Sumémosle a esto el detalle que desde que tengo memoria, jamás las influencias sociales me han controlado en ninguna dirección, no conozco el miedo, sentimentalismos, apegos, egoísmos, envidias, materialismos, odio y la palabra amor ha sido objeto de un profundo escrutinio por mi parte. Así que un "un súper dotado intelectual" solo posee un movimiento acelerado de neuronas en la parte conogcitiva del celebro, pero probablemente carece de experiencias vivenciales. Como una forma de demostrar que mis investigaciones sobre el compartimiento de la raza dominante en este planeta y el homo sapiens, ha sido seria y constante manipulado y controlado, hare alusión a una parte de mi existencia en este mundo, aclarando que bajo ninguna circunstancia es con animos de aupar o exaltar mi persona, sino como todo lo aquí expuesto es solo con el propósito de abrir tus ojos a nuevos horizontes, mucho menos es mi interés el auto alabarme de forma alguna, dicho esto, entenderán porque estoy libre de muchos fallos emocionales y volitivos de los que sufren seres humanos. Repito este detalle es importante para comprender que mis estudios y experimentos con los seres humanos han sido reales. Desde el 1972 hasta el 2009, por mi vida pasaron 323 amantes incluyendo 6 matrimonios. Necesitaría una enciclopedia para describir todo lo que de estas damas aprendí. Mi eterno respeto, admiración y agradecimiento a todas ellas. La mujer es la creatura mas fuerte e inteligente que existe en el planeta, llena de conflictos internos por milenios de represión y menos precios, pero firme, la única entidad humana que preserva un agudo instinto de la intuición, sin importar su nivel social o condición intelectual maneja toda situación desde una perspectiva diferente, aunque vulnerable emocionalmente producto de sus instintos maternales es sumamente reflexiva. Observe y aprendí que es a el bruto (hombre) a quien le corresponde adaptarse a la mujer y comprender en la medida que sea posible su personalidad y necesidades, pero tratar de penetrar en sus mas profundos pensamientos, es como tratar de penetrar en la mente de una mítica diosa. Así que para el genero femenino se le hará mas fácil penétral las vías de esta obra que para la mayoría de los hombres, espero que con exponer esta parte de mi vida personal sea claramente comprendido que las bases sobre las que decidí escribir este biblos (librito) son plenamente empíricas. El segundo domingo del mes de mayo de 2012 me acogí al celibato por varias razones y como homenaje a esas 323 diosas que se cruzaron por mi camino.

Hasta ahora hemos ido explorando distintos ángulos del pensamiento humano, sus ideas y desarrollo, quizás volvamos ah algunos aspectos de los supuestos grandes pensadores si se hace necesario, caminaremos ahora por los oscuros caminos de lo que los humanos piensan es su realidad individual y colectiva. Hago hincapié de que este trabajo es semilla, el buen árbol que no será echado al fuego, quizás en los momentos mas oscuros de las sociedades humanas el mundo lo abrase como la única salvación, pero en la actualidad si este trabajo logra liberar de toda falsedad a una sola mente humana, me daré por satisfecho y al dejar este mundo viajare en paz conmigo mismo. A nadie se le hará fácil comprender que toda su vida ha sido una mentira controlada através de distintos mecanismos y mas en la época de la internet, las redes sociales, y los sistemas inalámbricos de comunicación con sus aparatos y telefonía inteligente. Pero no comenzaremos por este tópico, iremos desde los cosas arcaicas y primitivas que desde las primeras civilizaciones han controlado las vidas y existencia del individuo y el colectivo, manteniendo el oscurantismo y la ignorancia alimentados.

Imagínate que eres un comerciante prospero y un imbecil desde un pulpito te dijera que tienes que vender todo y entregarselo porque asi se lo dicta X o Y dios, que esa misma clase de imbeciles, te dicte que vestir, que hacer, cuando hacerlo, con quien y con quien no casarte y todo en base a el temor y el miedo basándose en un libro de fabulas y cuentos de hadas. Individuos sin escrúpulos que explotan la ignorancia, el miedo y ese vacío intelectual que todo mortal posee y que durante toda su vida trata de satisfacer. No solo es algo patético sino absurdo, pero son casos y situación situaciones que en cada ciclo diario se dan en todo el planeta. ¿Estarás tu entre esta manada de borregos? Si asi, solo me resta sentir lastima por ti y tu miserable vida en esta existencia.

Lo expresado en el párrafo anterior inevitablemente nos adentra en los tópicos de las religiones y cultos, elementos usurpadores de forma milenaria de la inteligencia y libertades de la raza humana. Los grandes opresores y déspotas que han mantenido la evolución de los pueblos en estados retrógrados. Hágase la salvedad de las practicas budistas y hebreo-judías a nivel de los doctores de la ley de esa ultima, por cuanto siempre se dedicaron a buscar el verdadero significado de los códigos ocultos en su libro sagrado, pero mas adelante volveremos a esta religión judaica y a explicar el porque las practicas budistas puras son la excepción. Antes de continuar y para dar la veracidad necesaria pertinente a estos argumentos, les expondré algunos casos que en mis investigaciones encontré y que son muestra de miles de casos y situaciones que aun en los presentes días se suceden.

Las historias y circunstancias que se narraran a continuación son verídicas de propio y personal conocimiento, es por lo cual se omiten los nombres de los involucrados para respetar su privacidad y persona de forma responsable y digna. En el primer caso un prospero comerciante que se dedicaba a la venta de determinado alimento preparado con una formula familiar secreta fue convencido por su líder religioso de que su negocio de mas de tres décadas era una artimaña del diablo, esto según este chacal se lo había revelado el mismo Dios y por tanto el comerciante debía no solo entregarle la formula que utilizaba para preparar su producto, sino que todas sus propiedades, dinero y prometer no volver a producir su famoso producto, el incauto convencido de los vínculos de su guía espiritual con los planos divinos y celestiales, se acogió a el pedido de este reverendo de la facción (X) de tantas que existen por ahí. Al pasar el tiempo se supo que el reverendo había recibido por parte de la competencia del comerciante una cuantiosa cantidad de dinero para eliminar a este comerciante y competencia que impedía los intereses de una poderosa corporación que vende el mismo tipo de producto y el comerciante independiente no les dejaba apoderarse del mercado regional. En esta misma línea otra situación se dio con un maestro ebanista, un artista de los trabajos artesanales con la madera. Este ebanista fiel creyente de su religión acudía siempre que el pastor de su iglesia lo llamaba para realizar trabajos bien para la iglesia o para uno de los miembros de esta, obviamente como una contribución y aportando el los mejores materiales. A este buen hombre se le presento la oportunidad de realizar un trabajo de envergadura para una importante empresa que le tomaría un promedio de seis semanas terminar, en ese mismo periodo el pastor de la iglesia esperaba a unos cómplices del trafico de la fe en su templo y deseaba un podio y butacas nuevas para su iglesia para lucirse frente a sus invitados. Es obvio que el ebanista no pudo cumplir con la petición del proxeneta de la fe lo cual despertó la ira del servidor de la ignorancia y explotador de la debilidad de carácter. Fue así que como una vil venganza por la falla del ebanista, convenció a la esposa de este de que su marido estaba siendo llamado por el diablo y que debía de convencerlo de que abandonara su profesión. El ebanista se vio confrontado a esta situación entre elegir su profesión o perder su matrimonio e hijos, como hombre de mentalidad débil eligió a su familia, abandono su arte y en pocos meses la miseria material cayo sobre toda la familia que en muchas ocasiones se vio en la situación de tener que pedir a familiares cercanos para poder alimentarse por un día, el pastor y su congregación le dieron la espalda y a pesar de las riquezas que acumulan estas organizaciones poco les importo las necesidades de quien tantas veces les sirvió a todos.

Através de mi caminar por este mundo me he dado con muchas personas de todas las denominaciones que siguen a el mítico personaje del nazareno crucificado. (nombre que probablemente los Esenios le dieron a sus reuniones de ancianos para identificar y ocultar su filosofía y Pitágoras, encubriéndolas de los antiguos hebreos que rechazaban las bases de la sociedad Esenia, aunque eran hebreos Pero Jesucristo tenia varios nombres claves, Iza, El nombre «Jesús» significa 'Yeh salva'. La lengua materna de Jesús era el arameo. Las personas cercanas a él le llamaban por el nombre arameo de Ieshuá (y no Iehoshúa, que es el equivalente de ese mismo nombre en hebreo. Se cree que sus seguidores le llamaban «rabí Ieshuá ben Ioséf» ('rabino Jesús hijo de José'). El nombre Iehoshúa (Yehoshua) o Ieshuá se podría traducir al español como Jesús o como Josué. Los griegos al tratar de pronunciar el nombre Ieshuá lo modificaron en Iesóus y del griego llegó al latín Iesús y, de ahí, al español Jesús.) y que es base de los intereses y poder de las organizaciones mas poderosas y explotadoras de este planeta. Individuos que han sufrido todo tipo de explotación, particularmente sexual. En lo personal de niño recuerdo dos casos, el de un sacerdote católico que termino robándole la esposa a uno de sus feligreses y abandonando el sacerdocio y el de un par de monjas que jugaban a ser marido y mujer. (este dato lo traigo como referencia, no se interprete como ningún tipo de forma o manera de homofobia) Esto fue en el 1965 y contaría yo con cinco años de edad, por aquel entonces la iglesia católica era predominante antes de que las sectas evangélicas y demás tomaran terreno, así que se podrán imaginar el escándalo de barrio que hubo. He conocido homosexuales varones que me han contado que su primera experiencia sexual en su niñez fue con un sacerdote así como lesbianas que en la misma situación pero con monjas de colegios o de catecismo, en el ochenta por ciento de los casos no existe ningún tipo de sentimiento de culpa a supuesto trauma en estas personas a pesar de que eran pueriles de entre seis y once años de edad cuando estuvieron estas experiencias en ocasiones por periodos de tiempo prolongados, sencillamente fue algo que a ellos les interesaba o tenían la inclinación, de hecho algunos son sacerdotes o monjas actualmente o dejaron de ser católicos, otros llevan una vida normal.

Encontré también los que fueron obligados, sometidos y forzados a los apetitos sexuales de estos sacerdotes, monjas, pastores y predicadores de otras religiones, esos si guardan recelo e ira en contra de aquellos que de forma bien hubiese sido sutil o forzosa los sometieron a entregar sus jóvenes cuerpos al contacto carnal, no por el acto en si, sino porque era algo que no deseaban con esa persona en particular. Exponer esto, que en estos días es noticia cotidiana y fuente de dinero para supuestas victimas, tiene el objetivo bien definido de que tu mente condicionada comience a ver las cosas desde una perspectiva mas profunda y real separándola de la cuestión emotiva primigenia. Personalmente en mi penúltimo matrimonio me di con un predicador que no quiso casarme porque yo no era parte de su pequeño imperio de explotación de débiles mentales en este de la isla, mi futura esposa quien era su feligrés estaba totalmente embelesada por este hombrecito y antes de que nos casáramos con otro pastor ya había dañado mi matrimonio, estos individuos se fundamentan en dos elementos básicos, el miedo y el control sobre aquellos que no tienen la capacidad de enfrentar de forma inteligente los problemas cotidianos de sus miserables vidas. Pero si le buscamos la parte positiva a el negocio de la fe, diríamos que sirven de idiotasilogiums, ayudando a que estas masas homo cuasi sapiens se mantengan conglomeradas y por ende segregadas y fácilmente identificables. Estos grupos traficantes de la idiotez sin que les importe si un individuo tiene o no con que alimentarse le exigen un diezmo como si los impuesto del estado no fueran suficientes para mantener la desigualdad social. Conozco a fanáticos que se matan trabajando y al recibir sus pagas o salario le entregan a estos negocios de cruces y miedo entre el ochenta y el noventa del 100% de su sueldo quedándose apenas con lo suficiente para sobrevivir. Si existiera un dios, estoy en la seguridad y certeza de que es lo suficientemente millonario como para preocuparse por que alguien de o no dinero a estos comerciantes de la fe, además sabría este dios que la bolsa de valores es muy volátil y el cambio de monedas puede resultar en perdidas. Los que se dedican a este lucrativo negocio de explotar lo que un viejo libro supuestamente dice dictado por un dios tratan de influir o así lo hacen en todos los aspecto de la vida del individuo, desde cómo vestir, comer, a donde ir, con quien hablar y con quien no, en que amistades tener y hasta como realizar el acto sexual, sin dejar de mencionar que por encima de la realidad y la razón estimulan la reproducción de mas entidades humanas, aun cuando el planeta esta sobre poblado, escasea el alimento y el agua, y estamos a punto de reventar pues ya el espacio para construir nuevas viviendas cada vez es menor y el ecosistema sufre el daño y la consecuencias. Pero a estos solo les interesa perpetuar sus dictaduras de falsas y cuentos de hadas, para ellos el resto, pues que se jodan. Genocidas históricos y extorsioncitas de gobiernos, pero su dictadura y controles llegaran a su fin de forma irremediable y las palabras que se le atribuyen a el mítico cristo de: ("Y la verdad los hará libre.") Para su derrota se han de cumplir y la evolución consciente de las mentes de los mortales se hará una realidad. De hecho, pregonan que el nazareno también dijo: ("Si tuviesen la fe del tamaño de un semilla de mostaza, le dirían a una montaña muévete y se movería, y harían aun mas de lo que yo he hecho, serian como dioses.") Probablemente la palabra fe fue en sustitución de una mas concreta y especifica, quizás en realidad dijo confianza, conocimiento, entendimiento o alguna palabra que hiciera alusión a la capacidad y esfuerzo individual y colectivo por superara sus propias capacidades creativas y de la potencia de las habilidades y misterios de la mente humana en términos de poder crear y razonar mas allá de la imaginación. ¿Imagina que perfecto seria esta civilización si esas palabras se hubiesen comprendido en su contexto real y aplicado, cuanto ya hubiese evolucionado la raza humana? Mientras establecía estas realidades sobre el aspecto religioso esclavista recordé que el empleado parasítal del hospital de veterano que trato de fastidiar mi vida, pretendía entrar en el negocio de la explotación de fe, junto con su mujer, mientras trataba de fornicar a su hijastra y buscaba por Internet jovencitas con propósitos dudosos, sino es que ya se acostaba con su hijastra, pues esta con dieciséis años ya era una experta en dejar sus pantaletas en los autos de aquellos con quien salía a tener algo de sexo casual. Lo menciono porque esto da una idea clara del modelo de pensamiento de la mayoría de estos individuos, aparte de que su interés de conseguir ser un predicador era evadir impuestos, lavar dinero y beneficiarse de la supuesta separación de estado e iglesia, para poder mantener así las apariencias de una familia económicamente solvente. Permítamen establecer que al mencionar a estos elementos parasítales lo hago de forma desapasionada, solo me apego a la realidad de lo que sucedió, sentir algún sentimiento hostil así estos individuos, no solo seria una contradicción por mi parte en cuanto a la evolución consciente de la parte psíquica de los mortales, sino que me tendría que subir a la rama del árbol con ellos y ser parte de esa genética primitiva que billones de elementos humanos comparten.

Al comenzar estas palabras hice una distincion entre los budista y los doctores de la ley judía, corresponde ahora explicar los porque. NOTA: Al explicar estos conceptos, no estoy endosando ninguna filosofía o religión, solo trato de que se comprenda el verdadero rol del homo sapiens en los universos y como desde hace milenios se les trata de llevar por la vía correcta en el uso de sus facultades psíquicas que no tienen que ver con las ideas comunes y simples de la mente humana.

BUDISMO:

El budismo es una religión no teísta perteneciente a la familia dharmica y, segun la filosofia induista-vedica, de tipo *nastika*. El budismo ha ido evolucionando en la historia hasta adquirir la gran diversidad actual de escuelas y practicas. En Occidente ha habido ciertas dificultades para definir el budismo. Es por esta razon que las practicas del budismo en el nuevo mundo no me interesan y me son irrelevantes, prefiero ir a la raiz y origen para mis propositos y mision entre los mortales.

El budismo se desarrollo a partir de las enseñanzas difundidas por su fundador Siddhartha Gautama, alrededor de siglo V a. C. en el noreste de la India. Inicio una rapida expansion hasta llegar a ser la religion predominante en India en el siglo III a. C. En este siglo, el emperador indio Asoka lo hace religion oficial de su enorme imperio, mandando embajadas de monjes budistas a todo el mundo conocido entonces. No sera hasta el siglo VII d.C. cuando iniciara su declive en su tierra de origen, aunque para entonces ya se habra expandido a muchos territorios. En el siglo XIII habia llegado a su casi completa desaparicion de la India, pero se habia propagado con exito por la mayoria del continente asiático. El budismo ha ayudado en la difusion del lenguaje, y la adopcion de valores humanistas y universalistas. Es una filosofia importante en Asia donde se encuentra presente en la totalidad de sus paises. Desde el siglo pasado se ha expandido tambien por el resto del mundo. Al carecer de una deidad suprema pero mostrar a la vez su carácter salvifico y universalista, ha sido descrita tambien como fenomeno transcultural, filosofia, o metodo de transformación. El budismo es en numero de seguidores una de las grandes religiones del planeta. Contiene una gran variedad de escuelas, doctrinas y practicas que historicamente se han clasificado en budismo Theravāda, Mahāyāna y Vajrayāna. Hay certeza histórica y cientifica sobre la existencia del Buda Gautama contrario a el Jesús del cristianismo, que los que se apoderaron del concepto de los Esenios como un acto de rebeldía reflejan cierta similitud en varios aspectos de ambos personajes, basta leer los evangelios de Buda y compararlo con el Mateo cristiano, originalmente llamado Siddharta Gautama y conocido despues tambien como Śakyamuni o Tathāgata. Se sabe que provenia de la segunda casta hindu, compuesta de guerreros y nobles. No obstante, algunos estudiosos afirman que no es posible saber con exactitud si era un principe o un noble. La vida y enseñanzas de Gautama se transmitieron de manera oral hasta la primera compilacion escrita del budismo, llamada el Canon donde los hechos de su vida aparecen de manera dispersa. Pero no existira una compilacion biografica completa hasta bastantes siglos despues, siendo la mas reconocida la de un maestro y erudito indu que vivio en el siglo I de nuestra era. Los relatos sobre la vida de Siddhārtha estan mezclados con mito, leyenda y simbolismo. Mas alla de su interés biográfico, estas historias son vistas como una guia para la vida de sus seguidores, en la que los diferentes episodios clave constituyen metaforas de los procesos de crisis y busqueda espiritual del ser humano. Ademas de la recopilacion sobre su vida como Siddhārtha, existen tambien relatos sobre sus vidas previas llamadas *jatakas*. En estos relatos Buda aparece como un bodhisattva; alguien que atraviesa obstaculos a traves de varias vidas en el camino hacia el Nirvāna. Segun la tradicion, Los Cuatro Encuentros fueron una de las primeras contemplaciones de Siddhārtha. A pesar de las precauciones de su padre, alcanzo a salir del palacio en cuatro ocasiones en las que vio por primera vez en su vida a un anciano, a un enfermo, a un cadaver y por ultimo a un asceta, realidades que desconocia personalmente. A los 29 años, después de contemplar *los cuatro encuentros*, decidio iniciar una busqueda personal para investigar el problema del sufrimiento. A esta decision se le llama La Gran Renuncia. Se unio al entonces numeroso y heterogeneo movimiento hindu de los *sramanas* (vagabundos religiosos mendicantes) renunciando a todos sus bienes, herencia y a su posicion social, para seguir practicas religiosas y asceticas.

Nirvana de Siddhārtha:

El Loto es el simbolo del Despertar; el florecimiento del loto representa al momento del Nirvāna. Siddharta se dio cuenta, despues de casi morir de hambre a causa de un estricto ascetismo, que la moderacion entre los extremos de la mortificacion y la indulgencia hacia la experiencia sensorial, lograba incrementar sus energias, su lucidez, y su meditacion. Con este hallazgo, que llamo *Camino medio*, comio algo y se sento bajo una higuera Bodhi, una especie sagrada en la India, con la promesa de no levantarse hasta hallar la solucion al sufrimiento y ser un Buda. Esto ocurrio en la localidad de Bodhgaya, cerca de Benares, que actualmente es un sitio sagrado de peregrinacion budista. Siddharta atraveso distintas etapas de meditacion. En la primera parte de la noche logro el conocimiento de sus existencias anteriores *(pubbe nivasanussati nana)*, durante la segunda parte de la noche alcanzo el conocimiento de ver seres morir y renacer de acuerdo con la naturaleza de sus acciones *(cutupapata nana)* y durante la ultima parte de la noche purifico su mente *(asavakkhaya nana)* y tuvo un entendimiento directo de las Cuatro Nobles Verdades *(cattari ariya-saccani)*.

Como ultima prueba se presento Mara (la tendencia a la maldad en seres samsaricos, a veces interpretado como demonio) quien hizo una serie de tentaciones. Sin embargo, Siddharta no cayo en estas tentaciones, con lo que logro ser libre del aferramiento a las pasiones pero sin represion de estas (destruyendo las cadenas del samsara). Al final, conocio que habia logrado un estado definitivo de «no-retorno» al que se llama *Nirvana*, que significa 'cese (del sufrimiento)' pero que no es posible describir claramente con lenguaje. En ese momento dijo «hecho esta lo que debia hacerse.» Tras alcanzar la iluminacion, dedico su vida a propagar sus enseñanzas en el norte de la India. El despertar de Gautama es el punto de partida historico del budismo, y parte de la enseñanza de que alcanzar el Nirvana es posible; todos los seres humanos tienen el potencial de lograr un cese del sufrimiento y comprender la naturaleza del budismo.

Tradiciones y escuelas budistas: (Jovenes monjes budistas tibetanos de Drepung.)

El budismo no esta organizado con una jerarquia vertical. La autoridad religiosa se basa en los textos sagrados: los *Sutras* (literalmente 'discursos'). Ademas de eso, hay un numeroso material de interpretacion en el que contribuyen maestros y personajes a traves de la historia que los han comentado y analizado. La comunidad monastica se organiza historicamente por lineas de transmision en el tiempo, y en algunas escuelas las cadenas de relaciones entre maestros y discipulos son centrales. Los laicos tienen distinto papel dependiendo de las dos grandes ramas, Theravāda ('escuela de los ancianos') y Mahāyāna ('gran vehiculo'). En el budismo mahayana, la vida laica se considera tan util para alcanzar el Nirvana como la vida monástica, mientras que en el theravada se da un enfasis a la vida monastica. Otra clasificacion muy comun es identificar a una tercera rama; el Vajrayāna (o Tantrico), que se puede considerar una parte o una division del Mahayana.

Esta organizacion religiosa descentralizada ha permitido una enorme flexibilidad de puntos de vista, variaciones y enfoques. Las variantes de budismo se dieron por divisiones en el tiempo de puntos de discusion doctrinales, como a su vez por distintos contextos sociales y geograficos, como un arbol ramificado.

Cantidad de budistas en el mundo: En general el budismo se fue implantando en muchos paises sin entrar en conflicto directo con las religiones autoctonas, sino en muchos casos, intercambiando influencias. A diferencia de otras religiones el budismo no conoce la nocion de guerra santa, la conversion forzada, ni tampoco considera la nocion de herejia como algo siempre pernicioso. Aunque han existido algunos episodios historicos de enfrentamientos violentos por cuestiones de doctrina o de acoso a personajes disidentes o algunas minorias, estos son excepcionales para una religion que se convirtio en la mayoritaria de Asia durante un recorrido historico de 2500 años. El pluralismo de enfoques y la aceptacion de distintos puntos de vista doctrinales ha sido historicamente algo compartido y aceptado en la comunidad budista, lo que ha dado lugar a una enorme cantidad de literatura religiosa y filosofica. El budismo es la cuarta religion mas grande del mundo despues del cristianismo, el Islam y el hinduismo, y seguida por la religion tradicional china. Otros calculos menos moderados elevan la cantidad de budistas a 500 millones, pero el numero exacto en si es incierto y dificil de definir por las caracteristicas propias del budismo y los paises donde se ha extendido. En cualquier caso, esto significa que el budismo es de las mayores religiones de la humanidad en numero de seguidores. Estas cifras han aumentado considerablemente tras las recogidas en el siglo XX, sobre todo porque en paises como China empiezan a aparecer los datos tras su apertura politica. Asi mismo, en India se han dado conversiones masivas al budismo de cientos de miles de personas pertenecientes a la casta de los intocables (Dalits). La mayoria de los budistas estan en Asia. Para obtener una cifra mundial mas exacta, la principal dificultad es dar una cifra sobre China. El budismo posee un importante arraigo historico en ese pais, sin embargo es oficialmente un pais ateo, en el que ademas se practica una religion popular tradicional muy heterogenea y sincretista que, entre otros, incluye elementos budistas, y que con frecuencia se lista por separado. En los paises de Occidente el numero de budistas ha crecido significativamente en los ultimos 50 años. Otra dificultad para calcular el numero de budistas radica en establecer si el numero se refiere a las personas exclusivamente budistas o a los que practican el budismo simultaneamente con otra religion de forma sincretica como sucede en China y Japon.

En el ambito educativo, el budismo se estudia como especialidad en algunos de los principales centros universitarios occidentales. Las universidades mas prestigiosas (Oxford, Harvard, Lausanne, Berkeley, Salamanca, Milan) tienen seccion de estudios de religiones y lenguas orientales con especialidad sobre budismo. Asimismo, en los paises donde el budismo representa una mayoria o porcentaje significativo, existen centros de educación superior dedicado al estudio y formacion en el budismo, tales como: el Institute of Buddhist Studies en California, la Dongguk University en Corea del Sur, la Bukkyo University y Soka University, ambas en Japon, el International Buddhist College en Tailandia y la University of Sri Lanka, entre muchas otras instituciones.

Fundamentos budistas:

También llamado el Dharma (en sanscrito, significa: soporte, apoyo, lo que mantiene, la ley, la verdad, la autentica naturaleza de la realidad, el camino), los Fundamentos budistas son la base de las enseñanzas del budismo A pesar de una enorme variedad en las practicas y manifestaciones, las escuelas budistas comparten principios filosoficos comunes. El estudio mas profundo y la practica mas intensa, solia limitarse en oriente a las ordenes monasticas. En la actualidad solo el budismo theravāda tiene un enfasis en la vida monastica en detrimento de la vida laica. Las otras corrientes desarrollan y elaboran sobre determinados aspectos del budismo original de la India. Todos los elementos de las ensenanzas filosoficas fundamentales se caracterizan por estar estrechamente interrelacionados y contenidos en otros, por lo que para alcanzar su entendimiento se necesita una vision holistica de su conjunto. Ademas, se suele subrayar el hecho de que todas las enseñanzas son solo una manera de apuntar, guiar o señalar hacia el *Dharma*, pero del cual debe darse cuenta el mismo practicante. El *Dharma* solo puede ser experimentado o descubierto de manera directa a través de una disciplinada investigacion y practica personal.

Las Cuatro Nobles Verdades:

Según el budismo las cuatro nobles verdades son;

1. La vida incluye (sufrimiento, insatisfaccion o descontento): El nacer es sufrimiento, la enfermedad es sufrimiento, la vejez es sufrimiento, la muerte es sufrimiento, la pena es sufrimiento, asi como la lamentacion, el dolor y la desesperacion. El contacto con lo desagradable es sufrimiento, la separacion de lo que es placentero es sufrimiento, el deseo insatisfecho es sufrimiento. En definitiva, los cinco agregados de la mente y el cuerpo que producen los deseos (corporiedad, sentimiento, percepcion, formaciones mentales predispuestas y consciencia discriminativa) son sufrimiento.

2. El origen del sufrimiento es el (anhelo, deseo. literalmente sed): El sufrimiento se origina en el ansia que causan los deseos, los sentidos y el placer sensual, buscando la satisfaccion ahora aqui y despues alli, el ansia de llegar a ser, el ansia de nacer de nuevo y el ansia de ser aniquilado.

3. El sufrimiento puede extinguirse cuando se extingue su causa: El sufrimiento se extingue con el abandono del ansia de placeres sensuales, de llegar a ser y de aniquilacion, y con la ausencia de pasion, el no albergar ya mas.

4. El noble camino es el metodo para extinguir al sufrimiento: El budismo prescribe un metodo, o camino, con el que se intenta evitar los extremos de una busqueda excesiva de satisfaccion por un lado, y de una mortificacion innecesaria por el otro. Este camino comprende la sabiduria, la conducta etica y el entrenamiento o cultivo de la 'mente y corazón' (entiéndase por corazón la parte del subsconciente en donde se asientan los deseos, emociones e impulsos primitivos.) por medio de meditacion, atencion y la plena consciencia del presente de manera continua.

Conceptos Budistas:

Las Tres Caracteristicas de la Existencia (Tri-Laksana) (en sanscrito) *Las Tres Marcas, Los Tres sellos, Las Tres Realidades,* esta enseñanza fundamental del budismo explica la naturaleza de los fenómenos del mundo percibido, los cuales poseen tres caracteristicas universales:

- Anitya: impermanencia.
- Anātman: inexistencia de un ego permanente.
- sufrimiento, descontento o insatisfaccion.

Karma: Causa y Efecto:

(en sanscrito) *Causalidad, Ley de causa y efecto. Accion intencional o volicion. Las Semillas, condicionamiento.*

Según el budismo, toda accion intencionada (karma) crea uno o varios efectos que aparecen cuando las circunstancias son proclives, a lo que se llama maduracion (vipaka) o fruto (phala). El karma en aplicacion a la doctrina budista se refiere a cualquier accion de habla, cuerpo o pensamiento. Por tanto los movimientos ajenos a la volición o la intencionalidad como ocurre en el caso de actos reflejos son neutrales karmicamente. Sin embargo, cualquier movimiento de la voluntad es karma aunque no sea consciente. El «bueno» o «malo» karma se distinguen de acuerdo a la base de las intenciones y acciones. En el *Kukkuravatika Sutta* Buda clasifica el karma en *4 grupos:*

- 1 - Oscuro con resultado negativo.
- 2 - Brillante con resultado esplendoroso.
- 3 - Oscuro y brillante con un resultados esplendoroso y negativo.
- 4 - Ni oscuro ni brillante sin resultados específicos.

La oscuridad (el mal) no puede dar lugar a un brillante (feliz) resultado, pero aun asi el karma puede estar mezclado debido a una variedad de motivos buenos y malos.

El karma en el budismo explica tambien las diferencias por las que los seres tienen una vida mas o menos larga, riqueza, belleza, salud o sabiduria. En el *Cula-kammavibhanga Sutta* Buda explica que estas cosas no existen por casualidad sino por el karma. El karma es una ley para explicar un mecanismo en el que esta ausente un ser consciente que juzgue. Asi, en el Mahakammavibhanga Sutta Buda explica los *4 tipos de personas* que deben distinguirse respecto al karma y su destino previsible:

- 1- Quien hace el mal y va a un infierno, estado de deprivacion o un renacimiento inferior.
- 2- Quien hace el mal y va a un cielo, estado feliz o renacimiento superior.
- 3- Quien hace el bien y va a un cielo, estado feliz o renacimiento superior.
- 4- Quien hace el bien y va a un infierno, estado de deprivacion o un renacimiento inferior.

Nótese que cielo e infierno no estan expresando en términos tradicionales, sino exclusivamente el destino tras la muerte, sino estados luminosos y felicidad o bien de oscuridad e infelicidad, que existen tambien en vida como efectos de acciones previas. El mecanismo del karma supone por tanto un reflejo bastante fiel de la realidad, no siempre considerada justa y en donde a las acciones buenas o malas no les sucede siempre el efecto deseado.

La doctrina de *karma* budista no es totalmente determinista ni fatalista. Karma no significa destino ni predeterminación, ya que no existe un automatismo ciego en la voluntad respecto a las tendencias mantenidas y no es posible anticipar que ocurrira. La practica budista ademas permite tomar observacion y consciencia de este funcionamiento para ocasionar un distanciamiento respecto a esas tendencias. El karma no se debe entender como castigo al igual que tampoco lo hacemos, por ejemplo, con el nuestra herencia genética primitiva. *Karma* es una mas de las cinco tipos de condicionalidad o procesos logicos del Universo: (niyamas).
Condicionalidad 1. Inorgánica, 2. Orgánica, 3. Psicológica, 4. Moral y 5. Trascendental. Estos tipos de condicionalidad son impersonales y no hay intervención divina en ellos. Del mismo modo que la ley de la gravedad no requiere intervencion divina. Algunos tipos de condicionalidad son inmutables: ni siquiera un Buda puede escapar de ser afectado una vez que ya nacio y tiene un cuerpo. ¿Como funciona el karma? El rol de actuacion de la persona respecto al karma se circunscribe en la explicacion budista sobre la experiencia de la realidad y como la individualidad se expresa. En el Abhidhamma Pitaka se describen 52 factores mentales (cetasikas) que surgen en varias combinaciones para dar lugar a 89 posibles estados de consciencia (cittas). Desde aqui se consideran 4 elementos fisicos primarios y 23 fenomenos fisicos que se derivan de ellos. En este escenario existen los movimientos de la voluntad, y es en donde se condicionan o refuerzan habitos y tendencias (samskara) para crear, de manera acumulativa, lo que se nos aparece como nuestra personalidad o caracter. El proceso resumido de todo ello y que explica el Karma respecto a la accion sera resumido como:

1. Samskara o predisposicion, 2. Karma o acto volitivo y 3. Vipaka o fruto; resultado. El resultado de nuestras acciones nos otorga una experiencia que promueve nuevamente una disposicion Samskara, y asi continua. En el budismo, las diferencias entre las acciones volitivas se expresan solo en terminos de habilidad o destreza. Si las motivaciones o raices (*mula/hete*) corresponden con alguno de los Tres Fuegos (vease *Duhkha*) son torpes por ser malsanas y perniciosas (akuśala), y si corresponden a sus opuestos son habiles por ser saludables (kuśala). Sin embargo, el objetivo de la practica del *renunciante* (vease Nekkama) budista no es la de producir mas de un tipo de *karma* (mas merito) y menos de otro (menos castigo), sino el de dejar totalmente de producir *karma* alguno para acabar con el ciclo de renacimiento. Mas alla de esta breve explicacion, existen varios comentarios alrededor del karma que lo clasifican en diferentes tipos para su comprension mas detallada. El funcionamiento del *karman* es sumamente complejo; su resultado exacto y preciso es imposible de predecir y no siempre se manifiesta de manera inmediata, ya que su maduracion depende de las circunstancias. El *karma* tampoco es una explicacion a la mala fortuna, debido al gran numero de variables y fuerzas involucradas.

Surgimiento condicionado: (*pratītya-samutp āda*)

El surgimiento condicionado es expuesto en el *Maha-nidana Sutta* o «Discurso de las causas».Constituye una formulación elaborada del proceso de existir y de como los seres estan atrapados por la ignorancia en un ciclo de sufrimiento. Este proceso es constante, y supone una explicacion que abarca tanto la duracion de todas las vidas pasadas como de la vida actual, instante tras instante. Por lo tanto el «ser» supone un ambito que se crea y Destruye momento tras momento. Dependiendo de su origen contiene 12 eslabones:

1. *Avidyā*: ignorancia
2. *Samskāra*: formaciones mentales
3. *Vijnāna*: consciencia
4. *Nāma Rūpa*: nombre y forma (pre-materialidad)
5. *ṢaDāyatana*: sensorialidad (organos sensoriales)
6. *Sparsha*: contacto
7. *Vedanā*: sensacion
8. *Tṛṣṇa*: deseo, querer
9. "Upādāna": aferramiento
10. *Bhava*: devenir
11. *Jāti*: nacimiento
12. *Jarā-maraṇa*: decaimiento, vejez, muerte.

Asi, con la ignorancia como condicion surgen las formaciones mentales. Con las formaciones mentales como condición surge la consciencia. Con la consciencia como condicion surge el nombre y la forma. Con nombre y forma como condicion surgen los organos sensoriales. Con los organos sensoriales como condicion surge el contacto. Con el contacto como condicion surge la sensacion. Con la sensacion como condicion surge el deseo. Con el deseo como condición surge el aferramiento. Con el aferramiento como condicion surge el devenir. Con el devenir como condición surge el nacimiento. Con el nacimiento como condicion surge el decaer, la vejez y la muerte.

Mientras la IGNORANCIA no se erradica, de nuevo se repite el proceso sin fin. El camino budista busca erradicar la ignorancia y romper esta cadena, es lo que se conoce como nibbana o nirvana (el cese) de esta cadena.

Renacimiento:

En la India, la idea de reencarnacion era ya parte del contexto en el que nació el budismo. En el budismo se prefiere el termino «renacimiento» en vez de «reencarnacion», debido a que no afirma la existencia de un alma perdurable que pueda transmigrar. Asi, el renacimiento en el budismo no es igual que la reencarnacion en el hinduismo. Para entender el renacimiento es necesario entender tambien el concepto de anatta. En el renacimiento budista, el proceso del karma hara que la existencia de seres conscientes se manifieste, pero no existe un alma o espiritu eterno. Asi, las acciones de cuerpo, habla y pensamiento conllevan efectos que se experimentaran con el tiempo, ya sea en la vida actual o siguiente. La continuidad entre individuos la constituye esa corriente causal, que es manifestada como tendencias y circunstancias en sus vidas. El renacimiento no es visto como algo deseable, ni significa un determinismo o destino. El camino budista sirve para que la persona pueda liberarse de esa cadena de causas y efectos. Mientras no exista un cese de este ciclo, nuestra vida es Samsarica. Si bien el individuo debe experimentar las circunstancias en las que le toca vivir, a la vez es el único responsable de lo que decida hacer frente de ellas. La meditación, practica fundamental en el budismo, es una herramienta útil para el budista. Con esta practica aprende a observar como no existe un dueño de (sus) pensamientos, pero que a la vez es responsable de lo que decida hacer con estos. El apego o no apego son por tanto la clave para conseguir mas ecuanimidad respecto a si mismo y al mundo.

Nirvana: El Despertar, La Iluminacion

Hoja de *Ficus religiosa* o Higuera sagrada, la especie a la que pertenece el arbol bajo el cual despertó espiritualmente el fundador historico del budismo.

Buda Gautama afirmo que es posible el cese definitivo del circulo de la originacion dependiente y el renacimiento. La meta de la practica budista es por tanto el de despertar del *Samsāra* para experimentar la verdadera naturaleza de la existencia y la vida. Este esquema de realidad se expresa en las enseñanzas por medio de las Cuatro Nobles Verdades, Las Tres Marcas de la Existencia, la Originacion Dependiente y el Renacimiento (explicadas anteriormente). Alcanzar este estado de liberacion implica por tanto vivir una nueva experiencia sobre la naturaleza de la vida, de la muerte y del mundo que los rodea.

A las personas que no hayan alcanzado este estado aun solo se les pueden proporcionar definiciones, analogias y comparaciones imperfectas e indirectas sobre este estado. El Nirvaṇa se describe principalmente por lo que no es: *no-nacido, no-originado, no-creado, no-compuesto*. Sin embargo no se debe confundir ni con la aniquilación o aislamiento del individuo ni con un nihilismo. Como la experiencia del *Nirvaṇa* no es descriptible de manera clara con el lenguaje, y por lo tanto no es facil de comunicar, lo unico que se puede dar es una *indicacion del camino a seguir para obtenerla*.

Las Cuatro Nobles Verdades: Tras el despertar de Buda Gautama, el primer discurso (*Sutra*) que dio fue a sus antiguos compañeros de meditación, en lo que se conoce como «La puesta en marcha de la rueda del Dharma» (*Dhammacakkappavattana*). En este primer discurso, Buda Gautama establece las bases para comprension de la realidad del sufrimiento y su cese.

Estas bases se conocen como «Las Cuatro Nobles Verdades», las cuales constatan la existencia de lo que en el budismo se llama *duhkha*; una angustia de naturaleza existencial.

- *Duhkha* (el sufrimiento) existe.

La vida es imperfecta, la insatisfaccion y el sufrimiento existen y son universales. Este es el punto de partida de la practica budista. Esta verdad contiene las enseñanzas sobre las Tres Marcas de la Existencia.

- La causa de *duhkha* es *tṛṣṇā* (en sanscrito: el deseo, el querer, el anhelo, la sed). El origen, la causa raiz, de *duhkha* es el anhelo, el ansia o la sed de cualquier situacion o condición placentera. Creemos que algun acto, logro, objeto, persona o entorno nos llevaran a la satisfaccion permanente del "*yo*", cuando el «*yo*» en si no es mas que una fabricacion impermanente de la mente. Y de ahi que el origen del anhelo sea la ilusion o la ignorancia (*avidyā*) en la vida samsarica. Los seres samsaricos no comprenden la manera y forma en la que realmente funciona el karma. Esta verdad contiene la explicacion del Surgimiento Condicionado.

- Existe un cese de *duhkha*.

Segun el budismo, a traves del aprendizaje de la observacion de los procesos considerados como ignorantes y alimentados por Los Tres Fuegos, se empieza a crear la base para lograr su cese. La forma de que la insatisfactoriedad de la vida cese es la de enfrentarnos de manera directa a duhkha y tṛṣṇā, su causa. Al enfrentarnos a la realidad, la entendemos como realmente es, sabemos las causas del sufrimiento y como hacer para que no surjan. Esta verdad contiene la ensenanza sobre nuestra capacidad de llegar al Nirvana.

- Existe un Noble Camino para lograr este cese.

El metodo y la disciplina para eliminar la ignorancia, el anhelo y finalmente dukkha es el camino de la sabiduría lucida y la meditacion, expuesto de manera detallada en el Noble Camino.

La practica budista, Noble Camino Octuple: Pero como paradoja para la mente inquisitiva se compone de doce puntos.

El *Noble Camino* tiene ocho aspectos:

- *Prajñ*ā: Sabiduria
- vision o comprension correcta
- pensamiento o intencion correcta
- *Śila*: Conducta Etica
- habla correcta
- accion correcta
- medio de vida correcto
- Disciplina Mental o Cultivo Meditativo
- esfuerzo o diligencia correcta
- consciencia del presente o atención correcta
- concentración o meditacion correcta

Ética budista:

La etica budista se fundamenta en los principios de ahimsa (no ocasionar daño) y el Camino medio (moderación; no reprimir ni tampoco aferrarse a nada). Segun las enseñanzas budistas, los principios eticos estan determinados por el hecho de si una accion cualquiera podria tener una consecuencia dañina o perjudicial para uno mismo o para otros. En el budismo se utiliza la expresion de *mente habil*, que es aquella que evita todas las acciones propensas a causar sufrimiento o remordimiento. El esfuerzo y la intencion empleados determinara la carga karmica de la accion.

A diferencia de una regla impuesta por una autoridad, un precepto es una base o guia etica personal. La etica budista se basa en Los Cinco Preceptos:

- respetar la vida.
- evitar tomar lo que no es dado.
- mantener una conducta sexual correcta: que no sea dañina sin importar la edad con otros o con uno mismo.
- hablar de manera correcta / no mentir.
- evitar tomar intoxicantes que alteren negativamente la mente.

Los monjes y monjas budistas por su parte, siguen mas de 200 normas de disciplina descritas en detalle en el Vinaya pitaka; algunos monjes y monjas budistas zen no tienen que seguir el voto de castidad ni pobreza (pueden casarse y trabajar).

Meditacion budista:

La meditación (samādhi o bhavana) es la practica budista por excelencia.

El significado del termino es «cultivo de la mente». Es por tanto una actividad que supone determinada disposicion para que el practicante se situe en la realidad y asi aumentar su comprension y sabiduria, que son esenciales para la erradicacion de *dukkha*. Hay muchas y variadas tecnicas de meditacion budista dependiendo de cada tradicion y escuela, si bien todas se basan en dos componentes llamados samatha (calma mental, tranquilidad) y vipassana (conocimiento directo, intuicion). En el nucleo central de toda meditacion budista hay una observacion tranquila y atenta tanto de los propios procesos mentales como de los fenomenos de la vida.

La meditacion budista se basa en el *samadhi*, necesario para la realizacion del Nirvana. En el budismo se explican las diferentes etapas de meditacion o *jhanas* que se experimentan en el progreso hacia el Nirvana.

A partir de una base comun, a lo largo de la historia las diferentes tradiciones budistas elaboraron sus propias tecnicas de meditacion dependiendo de su propia evolucion historica y sus influencias culturales. En todas las tradiciones hay infinidad de tecnicas y variantes meditativas, pero al basarse en los mismos fundamentos son similares. Lo caracteristico de los sistemas de meditacion budista en las diferentes tradiciones es el objetivo de alcanzar el Nirvana.

Las tres joyas (*Triratna*):

Todo budista toma refugio en las '*Tres Joyas, Los Tres Refugios* o *Los tres tesoros*, siendo este acto lo que lo define como tal. Este refugio viene a significar que una vez la persona ha comprendido el sentido de liberacion que subyace en el camino del Dharma, tomara refugio mientras dure su vida en:

1. Buda: naturaleza bodhi, nirvana o despertar.
2. Dharma: el budismo, la ensenanza de budas.
3. Sangha. la comunidad de budistas.

En muchas escuelas budistas existe algun tipo de ceremonia oficiada por un monje o maestro que ofrece la toma de refugio en las Tres Joyas. Esto es una manifestacion publica del compromiso pero no es algo indispensable. Lo cual en lo personal considero innecesario pues la persona puede por ella misma tomar refugio con sinceridad y es suficiente para considerarse budista. Recalco que nada de las cuestiones en este garabatear tiene el propósito de influencia a los individuos a seguir cualquier filosofía o doctrina, repitiendo que el único propósito de todo es lograr que la raza de simios parlantes salga de su lenta evolución psíquico intelectual.

Quienes no han tomado refugio pueden beneficiarse del budismo al considerarlo una filosofia, un metodo de entrenamiento practico espiritual. Por este motivo, y al estar desligada de la devocion a deidades, a menudo hay personas de otras religiones o sin religion que estudian la meditacion budista. Através del estudio de las cuestiones budista le puede dar a el individuo una visión mas clara a las vías a seguir para alcanzar ese horizonte de una transformación de una raza primitiva a una consciente en su rol en el universo. Quizás se encuentren con uno que otro punto dislocado en su gramática y/o contexto, pero los evangelios de buda y muchos datos los leí a los nueve años y muchas palabras en sanscrito complicarían la lectura, aunque bien o mal escrita se me escapo una que otra. Dirijamos nuestra mirada ahora a el segundo elemento, el asunto hebreo-judío.

UNA ADVERTENCIA PREVIA ANTES DE COMENZAR:

Lo que se expondrá en el siguiente tópico es de carácter profundo y muy extremo frente a las realidades impuestas, las milenarias mentiras e ignorancia.

No han sido pocos los hombres de ciencia y otros con una inteligencia intuitiva que por milenios trataron de descubrir lo que les ofrezco a continuación. A esos seres de quienes he visto su ser y se que esperan estos escritos mi agradecimiento por ser mis custodios por 52 años de estas cosas, puesto se esta redactando en el momento justo, pues no debía de ser ni antes ni después, a todos los que aun viven y a los que ya dejaron su prisión corpórea le reitero mi agradecimiento y me hubiese sido placido leer sus obras, pero nunca lo hice para no influenciar mis escritos, todos ellos solo expusieron lo que ya desde niño yo conocía. Estos eruditos son parte del gran esquema para impulsar la evolución del homo sapiens. Estas creaturas se valieron de los métodos científicos y de investigaciones rigorosas, si tomamos el hecho de que todos son y fueron personas muy serias y responsables. Y aunque los dogmas y hasta ciertas agencias de seguridad de los gobiernos intentaron desvalorizar estos aspecto, la realidad es que esto no evitara el despertar a niveles superiores de muchas consciencia. ¿Si no tiene credibilidad lo que se expone próximamente, porque intentar desprestigiarlo? ESTAS COSAS NO SON ESPECULATIVAS, ESTAS COSAS SON.

LAS VERDADES OCULTAS EN LA BIBLIA HEBREA:

De modo como si se tratara del símbolo de pi en las matematicas, la biblia hebrea original contiene un código secreto en forma de busca palabras o encriptado en donde encontramos que hacen mas de 3.000 años ya se conocían todos los sucesos del porvenir y aun mas, sucesos mencionados por lugares y coordenadas, con nombres de personajes que aparecerían milenios después. Observando algunos profetas prominentes encontré que de una u otra forma conocían estos códigos, aunque fuera a medias, por mencionar a uno que le sea familiar a la mayoría, diría que las cuartetas de Miguel De Nostradamus están estrechamente vinculadas a estos códigos. No importa cuanto los chacales aúllen lo que ha de ser será y es inevitable. En lo que continua, encontraras un motivo adicional para impulsar tu propia evolución psíquico intelectual. Si existieran la herejía y blasfemia, serian el mal uso de estas cosas y cualquier otro que no sea mostrar el camino de la verdad en una guerra a muerte con las mentiras. Aquí los lobos disfrazados de ovejas y los falsos profetas quedaran desnudos, pues sus oposiciones a esta obra será su marca en la frente de lo que popularmente se conoce como los anticristo, esto lo escribo de forma metafórica, no porque crea en la existencia de un anticristo. Aunque por todo medio mediático, propagandas, ataques e intento de desviar a las masas será utilizado, los tocados por la chispa de la gran verdad, que como les dije antes mas adelante la expondré, en la resistencia de los detractores de la obra y la negación a estas cosas las reafirmaran a lo eterno y de forma metafórica a el reino de los cielos. (valga la redundancia.) pues una vez abierto los ojos, ya no vas a desear cerrarlos no importa lo que digan y pregonen de forma maliciosa los intereses déspotas.

La maldición de las dudas puede cegar a los individuos y obviar así las advertencias de un cercano e inminente futuro que determinara grandes cambios en la civilización de este planeta al presente. Ya es un hecho confirmado la escasez de alimentos mundial y los cambios climatológicos, la violencia individual y colectiva se ha salido de proporción, los homicidios filiares son cada vez mas violentos, patricidio, matricidio, canibalismo, desajustados que sin una causa previa caen en la enajenación y toman la determinación de erradicar la existencia de un grupo de individuos en muchas situaciones desconocidas, los pueriles de este planeta que hace una década se les consideraban símbolos de la "inocencia" se están transformando en pubertos de forma acelerada y sumamente promiscuos, en gran medida este fenómeno ha incrementado los casos de pedofilia en donde 90 de cada 100 casos son provocados directamente por los pueriles influenciados por la apertura de los medios de comunicación y la arrolladora y emergente ola tecnológica que abre las ventanas a todo tipo de información de contacto carnal, por eso las palabras inocencia infantil y excremento de rata tienen el mismo significado, sin dejar de mencionar que este individuos menores de edad cometen toda clase de delitos incluyendo asesinatos, lo mas absurdo es que los defensores de estos engendros cuentan con millones de individuos que abogan por su inocencia, de forma irónica yo los llamo los guardianes de los hijos del infierno, el estado es cómplice al darle y otorgarle tantos derechos, al grado de que un padre no puede reprender a sus hijos sin ponerse en riesgo de tener problemas con la justicia. Claro que como mencione de cierto es que existen crímenes en contra de la niñez atroces y reprobables por mortales desajustados mentalmente, y no importa la edad a nadie se le debe de obligar por medios violentos a realizar nada que no desee o utilizar medios sutiles y subliminales para aprovecharse de la criatura humana, pero estos casos, repito son solo el diez por cien y no deben de ser tolerados, pero el restante noventa por cien de los supuestos inocentes poseen un grado de promiscuidad aun mayor que la de un adulto que se entremezcla con la curiosidad natural del simio parlante. A quien no le guste la hiel de esta verdad que se lance por un barranco, pero en esta obra no existe espacio para la hipocresía ni la falsa moral, lo que es parte de buscar la evolución universal de forma consciente y la única manera es enfrentando las verdades mas crudas sin pretender su no existencia como acostumbran las mentes retrogradas. "RECALCO QUE ESTA OBRA NO ES PARA IDIOTIZADOS NI EGÓLATRAS INFLADOS DE FALSOS PRECEPTOS MORALES Y COMPLEJOS DE SANTURRONES." LA ADVERTENCIA ESTA

HECHA. Dicho esto continuemos con el código secreto oculto en el antiguo libro hebreo conocido como la biblia.

La invitación esta hecha, te he traído hasta el gran portal de lo desconocido, es tu decisión continuar o no hacia el umbral que conducirá a la humanidad a una nueva era, cruzaras de un mundo oscuro y ciego a un universo de luz. La responsabilidad es tuya y de nadie mas, ejerce tu libertad natural de elegir, ya se hicieron la advertencias, mas si continuas jamás volverás a ser la misma persona, perderás tu rabo de simio parlante y te bajaras de la rama del árbol. Solo los salvajes por naturaleza pasaran sin darse cuenta de que se les ofreció la oportunidad de escapar de las mazmorras de la necedad y la ignorancia. Una gran revelación es para los que privilegiadamente aun sin conocimiento de ello intuyen que están en un mundo, un plano y un lugar que no se les ajusta en algún punto de todas sus ideas sin importar educación o sitial social, religión o creencia, solo lo saben, y esta obra ha sido ordenada para ellos y esta predestinado que sea en el 2013 cuando se de a la luz publica.

Con el mas profundo y puro amor, aquel que los mortales presienten pero desconocen, te dejo saber que por esta vía que te llevo arrastras contigo una perspectiva nueva de las realidades, verdades y percepción, te recalco que ya no has de ser el mismo ser, te transformaras en parte de las luces en la sombras del oscurantismo que aun hoy dia permea sobre los seres de este planeta que es tan valioso e importante, tu eres una luminaria con propósito definido, uno que va mas allá de ti mismo. Los castrados de visión e intelecto no entenderán la razón de ser de esta obra, pero millones aun aquellos en los lugares mas apartados de la esfera azul y por intuición descifraran su contenido y al entender se harán asi mismos libres.

Llevar la carga de escribir estas cosas desde que era niño, no ha sido tarea fácil, pero dentro del caos de los universos y toda dimensión nada es al azar o por casualidad, todo tiene su razón de ser y lugar correcto. Parte de la fase primitiva de el homo sapiens esta en no comprender esta realidad, las ciencias y las tecnologías son el fruto de la curiosidad natural de el simio parlante, pero hago hincapié en que esto no los hace ser raza de una inteligencia superior. De esto hablaremos luego. Esta obra es un recolector de elegidos, aquellos que han de cambiar las condiciones retrogradas de la raza humana actual y abonaran al árbol de la vida. Existen grandes misterios que durante los últimos cuatro milenios han estado vedados y ocultos, al ser revelados parecerían apocalípticos, pero no es asi, son advertencias para evitar un por venir negativo y de exterminio total. Las catástrofes naturales serán inevitables, pero una raza preparada y evolucionada podrá sortear cualquier circunstancia adversa que la madre natura pueda vomitar sobre aquellos que son responsables de que el ecosistema de este mundo se haya desbalanceado por intereses materialistas y miserables que provienen exclusivamente de la ambición de poder de los mortales, amen del gas metano que producen tanto los seres humanos como el resto de animales que expiden pedos y que afecta y disminuye la capa de ozono que protege a la esfera azul de la radiaciones mas dañinas del sol, aun cuando esta se este recuperando ya el daño esta hecho y pasaran mas de un siglo antes de que se recupere lo suficiente. Por tanto con las cosas aquí presentadas se le da una oportunidad a los mortales para evolucionar y salvarse asi mismos y al planeta, no se les pide que dejen de expulsar gases, no confundan.

La ignorancia es el mayor crimen en contra de la humanidad, peor que todos los genocidios atravées de la historia de la raza humana, pero esta es una de las armas mas poderosas de los grandes intereses, tanto de todos los gobiernos mundiales como de las grandes corporaciones que controlan hasta el aire que los individuos respiran. No importan aquí los sistemas educativos de cualquier nivel, aun estos controlan a los individuos, desde que existo siempre que escucho a cualquier ente declarar su libertad, no me ha quedado de otra que sentir una gran compasión por el pobre incauto. Para que se tenga una idea general de la falsa libertad, basta con un poco de propaganda y en poco tiempo billones de seres humanos se embelezan con X o Y, idea implantada en sus subconcientes, por ejemplo la ya común depresión mental, antes la gente se entristecía por problemas amorosos, la perdida de un ser querido, o alguna desilusión, pero tenían el temple, la fortaleza y la capacidad de superarlo. En el presente atravées de las propagandas la depresión se ha convertido en un gran negocio para las farmacéuticas, médicos, psicólogos y psiquiatras, una cadena de distribución comercial completa, la materia prima, la debilidad de carácter y mental. La realidad es que cuando sobre viene la melancolía y las endorfinas baja en la neuroquímica cerebral, los mecanismos naturales producen mas de estos químicos para lograr un balance, cuanto esto puede tardar depende de cada metabolismo individual. Pero si se adicta al celebro a químicos externos para lograr bajar un estado melancólico, se termina en una adicción y recurrente depresión. ¿Habías analizado este factor? Poco a poco te iras dando cuenta de que tu creencia de libertad es una ilusión con este ejemplo y otros mas.

En muchas otras situaciones observaras el mismo patrón del comportamiento de los primates inferiores, en el simio parlante, por mencionar un par extremo, están el suicidio y la violencia callejera, la difusión constante de estas cuestiones por parte de los medios de comunicación influye en las mentes mas atrasadas y hacen de su propio sistema y línea de sub ideas una copia compulsiva de estos hechos, así llegan al auto convencimiento de que poseen cierto grado y mecanismo para el desvío de sus propios complejos de inferioridad y ha la menor justificación imitan bien el acto de suicidio o asesinan a otro simio sin provocación o por problemas o controversias menores, otros caen en manos de simios mas astutos que operan fuera de las leyes del estado en forma de grupos o pandillas, bien de narcotraficantes o con tendencias subversivas y culminan asesinando de forma indiscriminada, de todo esto surge el desfalcado intelectual que por auto determinación planifica cometer un acto múltiple de asesinatos y suicidarse posteriormente, están los que se dejan arrastrar por las presiones de lo cotidiano en la vida dentro de la existencia y en su falta de valor para enfrentar los problemas y como el resto de cobardes ya mencionados toman la determinación fatal de no solo terminar con sus miserables vidas, sino que asesinan a todos los miembros de su familia, esposas, hijos y cualquiera que conviva dentro de su mismo hogar. ¿Es esto ser libre? No, es ser un esclavo insignificante de si mismo y de la falta de un andamiaje de pensamiento evolucionado dentro de sociedades esclavas de forma sutil. Pero vayamos a dos elementos y fenómenos que están reñidos a esto; La mal llamada globalización y la expansión de las comunicaciones libres de internet y telefonia digital. La falsa globalización es la que pretende que las grandes empresas estén entre conectadas facilitando el control de las masas y elevando el nivel de pobreza mundial que viene a ser la materia prima de estos intereses bestiales que absorben a los muchos por unos pocos, al grado que todo conflicto bélico de mayor o menor escala es planificado hasta con dos años de anticipación, se determina cuanto tiempo durara la guerra, cuantos militares y civiles morirán, cuanto será el costo del conflicto el cual en realidad es una inversión a largo plazo, pues luego del conflicto las multinacionales sacan grandes ganancias económicas tanto en la venta de armas, medicamentos, reconstrucción y todo el esquema preparado antes del conflicto bélico, esta es la verdadera globalización. La tecnología es un monstruo devorador de cerebros inferiores, toda la tecnología que podría erradicar muchas de las enfermedades o diagnosticarlas antes de que sean mortales esta reservada para los económicamente poderosos, tanto en avances de diagnostico como en medicamentos desarrollados en base a el desciframiento de las cadenas ADN, los beneficios de las células madres y cientos de otras cosas que ocultan a diario. La tecnología ha servido para crear una epidemia de billones de tecno zombies que vemos a diario en todas partes, individuos adictos a las redes sociales, simios parlantes que ya sufren de un síndrome celulartico y si por alguna razón este aparato no esta con ellos y es funcional entran en una crisis de histeria, y angustia increíbles, aparte de ver continuamente a simios parlantes caminando perdidos en conversaciones constantes mientras que de forma robótica realizan sus deberes o gestiones, y los mas irresponsables que o hablan o testean mientras conducen un vehiculo de motor, aparte de que ambos sistemas se han convertido en destructores de núcleos familiares, causante de divorcios, de menos comunicación real entre los miembros de las familias, puerta abierta para ladrones, estafadores, asesinos en serie, trafico de drogas ilegales, violadores sexuales, depredadores y pedófilos que utilizan estos medios para hacerse de victimas potenciales. Pero nada de eso importa, al fin y al cabo los esclavos son desechables, basta con ver como por millones cada vez que una empresa saca al mercado un tipo de aparato nuevo y esto sucede constantemente buscan dinero de donde no tienen para estar con el ultimo modelo que les costara unos cientos de dólares, dinero que pagan como zánganos cuando la realidad es que a la empresa que lanza el nuevo producto le cuesta unas pocas monedas su fabricación. ¿AUN TE CONSIDERAS UN SER DUEÑO DE TU VIDA Y LIBRE? Si no has reflexionado hasta este punto y la transformación de tu consciencia ha comenzado, definitivamente eres un simio trepado en la rama del árbol y no vale la pena que continúes leyendo, regálalo a alguien que quizás posea unas pocas mas de neuronas que tu. Aclaro que el uso de la internet aunque tiene sus riesgos para la salud física de sus usuarios es un elemento y herramienta útiles en cuestiones seria, ciencia, estudios, emergencias y la protección de los ciudadanos, el buen uso y propósitos profesionales de estos aparatos son muy loables, fuera de esto solo sirven para embrutecer mas a los simios parlantes. Como cuestión de hecho, para escribir esta obra utilice la mejor de las computadoras del mundo, mi propia mente y memoria, haber investigado vía internet no me ha sido necesario, es por esto que al tener dudas en la forma correcta de cómo se escriben ciertas palabras en sanscrito, arameo antiguo, griego y latín, las omití y sustituí por palabras en español, además de que debo de tener presente el que la obra sea lo mas comprensible posible para cualquier nivel de educación.

El comprender, no se puede obsequiar o enseñar, es algo que se recibe por intuición, discernimiento y retrospección propia, es en una de las pocas áreas en donde los simios parlantes pueden ejercer una libertad verdadera. Desde que comenzó la llamada nueva era muchos han buscadolas verdades y misterios ocultos en distintas fuentes y corrientes, incluso se rebusco en textos antiguos, muchos de ellos obsoletos, otros revivieron viejas practicas de logias y en los circulos wicas, esto ultimo muy mal interpretado y peormente usado. Este auge y nuevo buscar, esta arraizado y atado a la consciencia colectiva y por ende influyo e influye en el individuo como ente particular, una intuición colectiva de que las cosas no son lo que aparentan, y para esos que tanto buscaron y buscan esta obra al leerla, se darán cuenta de que la esperaban desde aquella primera chispa que los impulso a una búsqueda de ese saber de algo que no podía auto explicarse.

Atravéz de esta obra, entraras a un auto conocimiento, radical, extremo y final sin vuelta atrás. Comprenderás porque buscaste tanto y estarás mas preparado para enfrentar verdades que las mentes de los simios parlantes comunes no podrán tragar. Brincaremos por encima de toda teología, ciencia y tendencia filosófica, chocaras con las verdades y realidades que aterraran a los déspotas que han manipulado la historia y controlan tu vida y la de todos. La verdad no tolera dogmas, ignorancia, injusticias, egos inflados, materialismo, y de forma extrema se vomita y defeca sobre todo fanático en cualquier tipo de circunstancia, pues el fanatismo es ceguera intelectual, así como la fe es una palabra arquetipo vacía que justifica lo absurdo, la palabra fe en el vocabulario de la mente evolucionada se sustituye por auto confianza, en la seguridad de que somos capaces de hacer y crear cualquier cosa si existe el poder de la psiquis evolucionada a través de la disciplina, la determinación y la convicción de que la vida dentro de la existencia toda, es algo mas que nacer, vivir y morir y que podemos alcanzar la inmortalidad por esfuerzo propio sin intermediarios ni acogernos a fabulas. Mucho se menciona sobre el libre albedrío, este es tu punto de saber si lo ejerces o no. Algunas cosas a revelarse son un tanto atemorizantes, pero por eso la verdad siempre se ha tratado de ocultar, pues el cobarde es hijo de la mentira y la manipulación. No serán pocos los que prefieran leer y olvidar o justificar con mil patrañas lo aquí expuesto y quedarse en su punto de seguridad, se les comprende y se siente una gran compasión por ellos, mas los tiempos por venir los arrastrara, lo cual lamento mucho.

Tu eres tu propio Dios, eso es lo que las enigmáticas palabras "y el hombre fue hecho a imagen y semejanza, a imagen y semejanza fue hecho." significan realmente, lo que iras descubriendo sobre el dios creado por los hombres y de su mítico hijo Yeshue de Nazaret. Te recuerdo que las citas bíblicas son puntos de referencia para abrir tus ojos a la luz, no con ninguna intención de religiosidad. Un buen comienzo es desenmascarar el arquetipo conocido como DIOS, una imagen de mil rostros y mil nombres. El famoso pero ya arcaico dios hebreo; "verán porque en breve." El concepto de un solo dios nació en Egipto en la dinastía XVIII bajo el reinado del faraón Akhenaton hacia el 1353-1336 a.C. reconocido como el primer transformador religioso y en declarar el monoteísmo al decretar a el dios Aton como unica deidad absoluta erradicando a la deidad Amón que era el centro del culto sacerdotal quienes también fueron degradados por este faraón. Si recordamos que los hebreos por siglos fueron un pueblo esclavo de los egipcios, la mecánica lógica nos dicta que al lograr su libertad y para poder unificar a las tribus hebreas, el supuesto caudillo Moisés establece la noción de un Dios único para la unificación y establecer las leyes del nuevo pueblo nómada, aun dentro de los hebreos acabados de salir de Egipto existían adoradores de otros dioses y cultos egipcios como Aton, Amón,

Baal y otros de influencia babilónica y fenicia. Sobre la enigmática figura de Moisés se sabe que si existió era de descendencia hebrea y cuenta la fabula que fue adoptado por la casa real de los faraones, cosa históricamente imposible por la arrogancia y preponderancia de estas castas, de haber existido un Moisés probablemente era egipcio y por conflictos por derechos a el trono faraónico decidió establecer su propio reinado y es por esto que se roba a los esclavos hebreos, Moisés como todo miembros de la familia real de los faraones tiene que haber sido educado por los sacerdotes quienes eran guardianes de muchos secretos relacionados con la sabiduría del uso de las capacidades psíquicas mas allá del promedio, de aquí que a el faraón se le denominara hijo de los dioses, cuestión estrechamente ligada a la raza de los sumerios quienes fueron arquitectos de la civilización Egipcia y disolvieron la antigua ciudad de Ur de donde imigran los hebreos antes de caer sometidos por el ya para entonces poderoso Egipto. En esta odisea un grupo conocido hoy como los Esenios se aparto de los hebreos y eran estos los conocedores de muchos de los secretos de los sacerdotes egipcios, probablemente fueron ellos los que establecieron para los egipcios sus templos de sabiduría, otro grupo se estableció en algún punto de Palestina cuyo territorio para aquella época era basto, siglos después se vieron rodeados de otros hebreos quienes irónicamente los menospreciaban porque conservaban muchos de los conocimientos e ideales de los sacerdotes egipcios, una sociedad de libertad, justicia, igualdad y social democrática que practicaban la paz y el conocimiento. Esto iba en contra de los intereses de los hebreos que explotaban a los suyos atravesé del culto religioso y gobernaban bajo estas leyes aunque habían ya caído nuevamente en cautiverio esta vez del poderoso imperio romano. La palabra Dios es genérica, una idealización según el pseudo intelecto de los mortales. Analizando el fenómeno o deidad llamada omnipresente, creador de todo y todo poderoso, lo primero seria que debería de ser una entidad identificada como femenina, pues es la hembra de las especies la que puede dar vida a nuevas creaturas, la fortaleza femenina surge de su comprensión e instinto maternal, aunque estos elementos la hacen a la vez vulnerables, es entre los mortales la que ha conservado un punto un poco mas alto de la intuición psíquica y tiene el doble de capacidad para retener y aprender cualquier cosa que se proponga, es por estas razones que las religiones tratan de marginarlas, pues saben que la mujer iría en búsqueda de la verdad y no toleraría la explotación, la fabula de Eva y Adam, por estos motivos te hara coherencia ahora y comprendes el porque del prejuicio en contra del genero femenino de los mortales. A menos que me traigas a un hombre capaz de pasar mensualmente el sangrado menstrual, capaz de cargar a otro ser viviente en sus entrañas por nueve meses, en ocasiones hasta mas de uno, luego amamantarlo y pasar el resto de sus días cuidándolo, a veces olvidándose de si misma, claro hablo de un hombre capaz de esto de forma natural, pues con los avances en la genética y el clonage todo es posible, pero no necesariamente valido. Esto ocurrió así porque los hebreos y demás sabían que la mujer es muy equilibrada, diplomática y enfocada en sus deberes, directa y franca y no es en realidad sometible, la unica forma era el menos precio y manchando su reputación. Aparte de que la hembra humana por sus atributos físicos y belleza puede sin el uso de la fuerza derrotar a cien hombres, pero cien hombres no conquistarían a una mujer, no porque sea terca, sino firme cuando no esta sometida por la fuerza bruta de algún miserable varón.

Retomando el fenómeno del dios de los hombres, ya veo a fanáticos y proxenetas de la fe al enterarse de estas verdades que secretamente ellos conocen y ocultado por milenios a las masas, defendiendo sus pequeños imperios como fieras salvajes. Y prohibiéndoles a sus borregos que lean esta obra porque su autor es enemigo de la iglesia y aliado de satanás, de solo imaginarlo siento como un pedo se me asoma en el ano por la risa. Primero que nada si existiera ese dios, el y lucifer serian una misma persona, basta con leer la historia de Job y de recordar que el mítico personaje del crucificado de Nazaret, Yeshua paso según la fabula siete días en las profundidades del infierno. ¿Estaría comiéndose un asado? Y que Luzbel y el dialogan y negocian en la parábola de las tentaciones. ¿Cuántos epítetos me pondrán? No se. Pero ya tengo en donde guardarlos como medallas, ateo, blasfemo, apostata, esbirro del infierno, hijo del diablo, hijo de puta, demente y cualquier pedazo de excreta que puedan botar por sus bocas porque enfrentan la gran guerra entre sus falsas y la verdad. Nada de eso me importa, la justicia y la verdad se cargan con dignidad y penacho de oro. ¿Quién carajo soy? Descúbrelo através de tu corazón e intuición. Estoy fuera de toda idea humana y sus convencionalismo, no soy profeta, ni tengo complejo de ser divino, solo soy un caminante que se mueve con el viento. Creer en un Dios genocida e indiferente a los sufrimientos humanos basado en palabras escritas en base de historias de distintas regiones y recogidas por los hebreos de las distintas culturas circundantes en su época, ajustadas para crear su propio sistema religioso, someterme a eso seria un suicidio neurológico e intelectual. Por eso es que no reconocieron supuestamente a Yeshua como el mesías, porque según lo que supuestamente el predicaba era la verdad y trato de que los sacerdotes de aquella época cumplieran con servir al pueblo y no de servirse del pueblo, pero aquellos fariseos condenados por el Nazareno, aun siguen vivos en nuestra época, venden y comercializan desde un alfiler hasta corporaciones. Sin importar el nombre que se le de a este dios de los hombres, es un instrumento de poder y ha asesinado mas millones de seres humanos que el holocausto nazi y todas las guerras sucedidas en este mundo. Un dios que te pida asesinar, odiar y divida a la humanidad, no es posible en términos lógicos, un dios creador hubiera creado a un ser humano perfecto sin sufrimientos físicos y con un intelecto supra desarrollado, o ya se hubiese puesto en su lugar y enderezado a la humanidad; ¿O no? No estoy enojado, ni desprecio a ese dios de los hombres, pues no se puede sentir nada por aquello en lo que por ser quien se es no se puede creer. Regrese de la muerte tres veces, las razones no me importan, quizás las tengas en este momento que lees esta obra en tus manos. Dame un momento, espérate, déjame mearme de la risa al escuchar aquellos que me llaman anticristo. Ahora a la gran paradoja, en el verano de 1967, sufrí una extraña enfermedad, mis incubadores (progenitores) se asustaron mucho, la fiebre y calor del cuerpo era tan fuerte que calentaba la habitación en donde me encontraba, es obvio que se me llevo al hospital, allí una batería de médicos luego de todo tipo de examen y pruebas no encontraron causa física para la fiebre, sumergieron mi cuerpo en una tina con hielo y en pocos minutos este se hizo agua, se me dieron una decena de baños de alcohol etílico frío y otras tantas veces se me llevo a la tina con hielo, finalmente me dejaron la noche en el hospital para observación. Al despertar el día siguiente mi cuerpo había regresado a la normalidad y se me envío a mi hogar advirtiendo a mis padres que de repetirse la fiebre no tardaran en volver a llevarme, no recuerdo haberme sentido enfermo o la fiebre que decían que mi cuerpo tenia. Mi madre me dejo acostado en mi cama y me quede dormido hasta el día siguiente, al despertar mi madre trajo un vasija para bañarme y una toallita, vi en su rostro una expresión de sorpresa al mirar mi lecho, allí estaba toda mi piel como la de un reptil que muda su pelaje, me toco el rostro en busca de señales de fiebre pero todo estaba normal, me paso un peine por la cabeza y con cada pasada se salía la piel del cuero cabelludo. Esta muda de piel pudo haber sido producto de las altas temperaturas que sufrió mi cuerpo. Pero hasta hace unos meses una vez al año mi piel se desprende y de esto pueden dar fe mis ex esposas y mi nieta que ha presenciado el fenómeno, Pero la paradoja no esta en esta situación, varios días después se presento un caballero a mi casa, y mi madre aunque quiso reaccionar no pudo, un hombre vestido de negro y sombrero, se me acerco con un gran libro en las manos, me dijo que aquel libro era sagrado para los judíos y me mostró algunas paginas, luego se marcho, desde aquel día siempre fui un ser solitario, ni con mis cuatro hermanas y hermano me comunicaba mucho, era una sensación de soledad muy placentera que duro por los siguiente siete años. Aquel hombre me dijo que en el libro de los judíos habían grandes secretos en forma de códigos y palabras encriptadas, que pasarían 45 años en tiempo humano para que los mortales tuviesen las maquinas para poder entender sus significados, que no era importante que la raza terrestre lo aceptara o no, sino que se diera a conocer su contenido, esto sucedió en segundos pero fue como si el tiempo y todo a mi alrededor se hubiera detenido. Es mi esperanza que algún físico o matemático lea estas cosas y comience la búsqueda de esos mensajes ocultos en la biblia hebrea.

Antes de hablar de las cosas que aquel hombre de negro me dijo quiero exponerles a Yeshua de Nazaret, tanto el mítico e inventado por los hombres como a el verdadero. Te dejo claro que no soy gnóstico ni agnóstico, simplemente soy yo conmigo mismo. Existen cosas que expongo que comprendo no serán fácil de discernir por muchos, pero el objetivo fundamental de esta obra es el comienzo de una evolución consciente de la psiquis humana, esto deja todo precepto y concepto del pasado y el presente en un rincón de lo obsoleto, solo señala a un futuro en el horizonte muy brillante. Jesús el Cristo, bien sea un ser mítico o leyenda, tradición creada por los inconformes de la época con el sistema religioso de la era, un verdadero ser místico o el súper héroe de aquellos tiempos, la realidad es que de haber existido, primeramente no nació en el mes de diciembre, sino probablemente en de marzo. Judíos y musulmanes reconocen a este personaje como un gran profeta y predicador, probablemente tuvo muchos imitadores en los tres o cuatro siglos antes de que un grupo de judío se uniera para crear y desarrollar una formula (evangelios) con la idea de establecer un nuevo sistema filosófico, forma de vivir y gobernar. Esto para la mente clara se hace obvio en la posterior división de este grupo y contradicciones, es irrelevante si fue sacrificado o no, si vivió hasta los ochenta años en la ciudad de Magdala dejando descendencia con sus 5 esposas. Lo trascendental es que estas cosas son especulativas y el poder mas grande de este movimiento conocido como la iglesia católica, conoce toda la verdad pero siempre ha ajustado las historias para su conveniencias políticas e intereses económicos, pues esta corporación es una de las mas ricas y poderosas de las religiones de los hombres. Sin dejar de mencionar que el nuevo testamento ha sufrido miles de cambios y nuevas versiones en los últimos siglos. La mezcla de historias y supuestas parábolas dichas por este personaje tienen cierta importancia en el asunto de la evolución consciente, por cuanto ficticio o no arroja luz sobre datos y forma de vida de un ente evolucionado. Esto no implica el aceptar o no la existencia del Nazareno, pero establece que la raza humana tiene la oportunidad de corregir sus errores y horrores del pasado y el presente. Así que sin saberlo tres o cuatro siglos después cuando estos predicadores fueran conjugados en un solo personaje conocido como Jesucristo por este grupo disidente dejaron muchas claves que complementan los códigos ocultos y secretos en la biblia hebrea. Algunos aspectos y ejemplos que inciden en la evolución psíquica consciente de los mortales y encontramos en el nuevo testamento son los siguientes:

1- Siempre se rodeo de toda clase de persona sin impórtale su posición social, origen o religión.
2- Defendió la verdad, la justicia y la igualdad entre los seres humanos.
3- Abogo por las mujeres, niños y los humildes.

4- Desprecio el materialismo, la opulencia y la gula, practicando la austeridad a lo largo de su existencia.

5- Protegió a los enfermos frente a los estigmas sociales de la época.

6- Respeto las leyes del estado pero se mantuvo alejado de la cuestión política.

7- Desprecio las habladurías, el acusar falsamente a un ciudadano.

8- Lucho contra los prejuicios sociales. "Aquel que este libre de pecados, que lance la primera piedra."

9- Combatió la ignorancia. "¿Acaso puede un ciego guiar a otro ciego?

10- Alabó el desprendimiento. (Parábola de la viuda y los dos linares)

11- Condeno el ocultar la verdad a las masas. (Parábola de la lámpara sobre la mesa.)

12- Una parábola muy significativa es aquella que reza: "Si tuvieran la fe (el convencimiento, seguridad) del tamaño de una semilla de mostaza, harían todas estas cosas que yo realizo y aun mas, le dirían a el monte muévete y este se movería; SERIAN COMO DIOSES.) La palabra fe es una expresión religiosa justificativa para acallar a los que cuestiones dentro de los grupos de feligreses de cualquier religión cristiana. Pero si analizamos esto desde un contexto lógico y racional, siendo la semilla de mostaza una de las mas pequeñas conocidas se le puede asociar a una neurona de las millones del celebro humano. Es decir si incrementamos y potencialismos las neuronas de la raza humana, sus capacidades pensantes y habilidades psíquicas experimentarían un incremento y con esto se daría un gran salto a una nueva era, un ser al sufrir un impulso neuronal positivo se erradican por reacción autónoma los impulsos negativos y se sufre de un ajuste en las ideas elevadas, por consecuencia, cesan las emociones e impulsos primitivos y de forma natural solo lo constructivo aflora en la consciencia. Al suceder esto por auto determinación y deseo propio se crea una cadena de entes humanos que irían exterminando todos los males sociales, ecológicos y las enfermedades desaparecerían de la faz de la tierra, así como toda y cualquier clase de violencia.

Estas doce parábolas son suficientes para ver que una fuerza evolutiva se ha manifestado en forma de guía por milenios. Entremos ahora a los códigos secretos en el libro sagrado de los hebreos, el uso de palabras divinos, dios, y otras son exponentes en un lenguaje comprensible para todos y no en un sentido tradicional en su contexto.

A pesar del la realidad del gran caos cósmico y dimensional, la contradicción es parte de este fenómeno desde el principio de todo cuanto fue, es y será. El surgimiento y repentino auge de la tecnología que dio acceso a la computación a los individuos comunes no fue algo de azar ni casualidad pues ninguno existe, tenia un propósito definido, aunque los intereses del materialismo lo estén utilizando para crear un nuevo tipo de esclavo y medio de explotación de las masas. Esta tecnología y la que se acerca atravées del desarrollo de sistemas quánticos controlados por el simio parlante servirán y es su propósito colaborar aquellas cosas que se les fueron dejada en claves y códigos a los llamados a ser semillas de un porvenir de apariencias apocalípticas pero fundamentales para la estabilización de una raza que ha desviado su propia evolución. Apocalípticas porque significan el fin de una era y sus divididas civilizaciones. Aunque estas cosas ya eran conocidas por los SUMERIOS mucho antes de que la civilización de los chinos surgiera, no fue hasta que se allegaron a egipcios y hebreos hacen unos tres mil años a los primeros y unos cuatro mil a los segundos. La visión del porvenir puede ser aterradora, de aquí que surge la cuestión de Sodoma y Gomorra como primera clave, y en el intento de las hijas de Aaron de copular con el para preservar la especie, esta historia solo refleja la reincidencia del simio humano en sus impulsos primitivos, nos demuestra que la supuesta inocencia es una falsa, tal es así que Myriam (María) la madre "virgen" del personaje de Jesús tenia trece años y su marido José cuarenta, o el dios de los hombres es un pervertido o José era un pedófilo. Ya se sabe que esta ultima década de este siglo las hembras del genero humano están llegando a la pubertad entre los 9 y 11 años, que en su mayoría tanto hembras como varones son sumamente promiscuos y conscientes de lo que es no la sexualidad, sino el placer que de esta se deriva. El pasado año en el mes de diciembre acudí a uno de los centros comerciales mas grande e importante de San Juan, Puerto Rico a realizar mis pagos de deudas usuales de principio de mes, cuando estoy en movimiento y en las calles no acostumbro a comer, pero la sed a veces obliga, así que entre a uno de esos lugares de comidas rápidas y pedí un café y una botella de agua, me acomode en una mesa y como saben los cubre espaldas de estas mesas son aislantes para separar los comensales y darles un poco de privacidad. Detrás de mi habían dos vocecillas y este era el tema que tenían en conversación aunque era casi un susurro mi agudeza auditiva me permitió escuchar parte de lo que platicaban, una le aconsejaba a la otra que sedugera a su padrastro cuando deseara conseguir cualquier cosa.:Aquella conversación era bastante perturbadora, termine mi café y me marche, al pasar cerca de las inocentes chiquillas, no pude evitar mirarlas, no solo sus caras de inocencia eran chocantes sino que estaban entre los 19 y 21 años ambas. Solo pensé en los cientos de hombres que podrían haber sido acusado falsamente con estas artimañas y confabulaciones de las llamadas inocentes, Se que habrán individuos inestables que pensaran que en lo personal sufrí algún tipo de trauma en mi niñez de índole psíquico sexual, pues se jodieron, pues mi niñez fue una de mucho amor y cuidos y mis incubadores humanos seres de muy elevados valores, por eso aun cuando su estilo de vida era de suma pobreza y humilde los escogí, esto último lo pueden interpretar como les venga en gana. El relato de las jovenes en el lugar de comidas rápidas fue real y es una de las advertencias en los códigos secretos que se les revela y dicta: ("Y cuando la oscuridad y lo helado este por sobre venir ya la inocencia habrá muerto y los hombres serán victimas de sus hijos y habrá vituperudes de toda clase, y los hombres de ley seran ciegos a medias pues el poderoso no sera puesto ante juicio.")

Sin importar lo que creas o no sobre esta obra, eso no te hará exento de caer bajo las cosas que se avecinan, de una u otra forma ya estas sufriéndolas. Algún matemático probablemente joven o un científico en física descubrirá que este código contienen mas de treinta billones de variables y que en algún punto sobre pasa la formula de Pi. Aunque en el 1967 lo que el hombre de negro me mostró fue una especie de diagrama que una brillantemente mente de un hombre joven a principio del siglo XXI diría su significado, un ser digno y humilde, esto señalando a la imagen, sera otra señal para que la humanidad elija entre sus falsas realidades o la verdad que deberás divulgarle este es el dibujo que el me mostró como otra de las claves o códigos.

$$e^{i\pi} + 1 = 0$$

Espero que alguien que conozca de matemáticas o símbolos de física colabore esta imagen y exponga si tiene o no algún significado. Como advirtiera al principio las repeticiones y hasta las redundancias en esta obra, tienen su razón de ser, quizás yo mismo no entienda el porque, pero siempre he pensado que es parte del esquema para proyectar los códigos ocultos y secretos. En estos códigos aparecían tres nombres que se me grabaron en mi mente, Carl Gustav Jung, Carl Seagan y Dr. Weiss, me son relevante porque les acompañaba la palabra raíz, luego sentenciaba: "Quien porte estas cosas para los mortales, en conflicto de hombres dejara de tocar el suelo con sus pies." No sabre si se refería a mi, pero llevo treinta y cinco años en silla de ruedas, esas circunstancias han sido menos pesada que llevar dentro de mi como si fuera un ser vivo interior lo que el hombre de negro me mostró, porque mientras escribo esta obra puedo hacer otras cosas, incluso conversar con alguien y las palabras fluyen solas, si solamente escribo, es como un trance relajante y si algo esta mal me obliga a recomenzar, si, me he auto psicoanalizado en búsqueda de un desvarío, pero solo encuentro una sensación de paz. En esos códigos ha ser descifrados se establecen cosas que desde 1939 comenzaron a manifestarse hasta la era del nacimiento de los seres mas oscuros sobre la faz de la tierra en 1980 y posteriores décadas. A saber: *1- El surgimiento de auto proclamados maestros dictaran pautas a millones de entes mortales en adornadas palabras con la que las masas se sentirán esperanzadas.*

2- Cuando estas cosas sean dada a los hombres, los rumores de guerra ya no serán, pues el mundo se confrontara en los cinco puntos cardinales en fútiles conflictos bélicos de toda clase que ocultaran intereses de los reyes.

3- Para cuando comiences a transcribir estas verdades ya el mundo carecerá de alimentos y la sed de los hombres por agua no podrá ser saciada, esto será por una combinación de la actitud destructiva de los mortales y fenómenos del espíritu de la tierra. Habrá hambre en el mundo.

4- La tierra se agitara con fuerzas desde sus entrañas tanto en la montaña como en el fondo de las aguas y su ovalado planeta inclinara su eje acelerando la noche oscura.

5- Es el destino de aquellos que ya han sido elegidos desde el principio de los tiempos sobrevivir y sobre ruinas y cráneos de calaveras construirán un mundo repoblado de árboles mas no de entes humanos. Esos serán los que habrán comprendido estas palabras y esta ultima advertencia en la obra que te encargo entregar a los mortales habrá cumplido su propósito que ha esperado por eones para ser vista por ojos mortales.

6- Nuevas enfermedades y plagas se repartirán por el mundo através de los pájaros de acero que cruzan llenos de entes los mares.

7- Se darán grandes controversias porque en los cielos se verán cosas no antes vistas y millones darán fe de esto, pero los gobiernos guardaran silencio Se verán extraños fenómenos en los cielos. de todo lo que se diga y vea solo el diez de cien será real.

8- Creaturas nacidas de vientres de maldad repartirán veneno y crearan una sociedad de muertos que caminaran sobre la faz de la tierra, oliendo, fumando e inyectando por sus venas substancias toxicas. De cierto de cierto te digo, que esos que creen a los muertos caminantes y hacen lucro de ellos ya están desterrados de este planeta junto con toda su descendencia y raíces.

Y los cráneos de los muertos caminantes servirán de abono a las tierras mas áridas y alimentaran a los buitres. Pero deseara no haber nacido aquel que con el pretexto de sacar de sus muertes en vida a estas infelices creaturas, se lucren de esto, porque su piel se les arrancara y no se dejaran morir para que sientan el dolor del explotado por la ambición humana.

Desde tiempos inmemorables los llamados místicos, profetas, cabalistas, ocultistas y seres susceptibles y muy intuitivos conocen estas verdades y han sido herméticos por cuanto conocen la ignorancia de los hombres y el poder de los dogmas. A todas las religiones del mundo se les advierte y apercibe que deben de validar estas cosas o deberán de desaparecer en menos de medio siglo, así esta escrito y así será. No serán exentos de sufrimientos los que practican el verdadero camino de Gautama, los hebreos que acepten las cosas ocultas en su libro sagrado que se les dio en custodia, siempre y cuando validen estas cosas, todo nativo del nuevo mundo sea de sangre pura o media, si han preservado sus tradiciones será resguardado aunque tampoco dejen de sufrir, pues la infección blanca fue lo que les trajo toda suerte de males. Aunque hasta que estoy escribiendo esta obra es que comprendo el porque el hombre de negro no me dijo en que partes del libro sagrado de los judíos y el creado por los que establecieron el personaje del Cristo estaban los códigos secretos, para que de esta forma los eruditos a quienes les corresponde ratificar estas cosas no piensen que yo he tratado de dar mi propia explicación del contenido de la biblia o que con esta obra quiero crear una exegesis. Depuración para que aquellos llamados a comprender estos misterios lo hagan ejerciendo su propias prerrogativas y libre albedrío. Aparecerán individuos con antitesis, programas de computadoras para tratar de demostrar que lo aquí expuesto no es posible o para desprestigiar la obra, aparte de toda la propaganda negativa que soltaran los proxenetas de la fe, pero esta obra es el sonar de las trompetas y rompimientos de los sellos, el gran Armagedon. ES POR ESTO QUE EL HOMBRE DE NEGRO FUE ENFÁTICO EN QUE ESTAS COSAS SOLO SE PUBLICARAN EN LIBROS DE PAPEL Y SE PROHIBIERA CUALQUIER OTRA FORMA DE DIVULGACIÓN MECÁNICA O ELECTRÓNICA. Esta obra es exclusiva para ti, tu eres su poseedor (a) una llave para tu evolución o para que decidas bajarte del árbol del resto de los simios y erguirte para caminar con paso firme hacia un brillante futuro, tu eres la obra y la obra eres tu. Estas cosas son tan justas que a ningún miembro cercano o lejano de mi familia le he de ofrecer una copia de la misma, quien la desee que la compre.

Para cuando esta obra sea publicada ya los científicos habrán dado a conocer un gran descubrimiento encontrado en el planeta rojo, (Marte) y no se refiere a encontrar hielo y agua. El presidente Obama habra sido relecto a la presidencia de la nación norteamericana, porque su nombre así como el de muchas otras personas aparece entre estos códigos, Anuncia la llegada e invasión del viejo mundo por España, Inglaterra, Portugal y Francia entre otros en el llamado nuevo mundo, anuncia el milagro de la Guadalupana y menciona a Juan Diego por su nombre indígena aunque no era leíble por alguna razón. Pero ese detalle es confuso porque mas adelante dice que ni aun con el mensaje directo los mortales comprendieron o escucharon.

Muchas cosas dichas supuestamente por el Nazareno, fueron códigos para un grupo pequeño de estudiosos que supieron como acomodar las palabras, no para ser interpretadas de forma literal ni para crear cultos humanos, sino para dar claves de estilo de vida de seres sumamente racionales y lógicos, imaginaos que todos los que dicen que dios o el cristo les ha hablado tengan razón, entonces San Pedro aparte de recibir almas en el cielo tiene que atender a las operadoras del cuadro telefónico celestial y encima de eso determinar a quien se le habla o no, pobre viejo, presenta su petición de retiro una y otra vez y su jefe dios lo sigue explotando, debería entrar al sindicato de porteros y telefonistas. Me enfocare primero en este personaje del cristo tanto las claves en el libro de Mateo, como en algunos evangelios apócrifos, de esta forma la mente común se ira impregnando de ciertos conocimientos que la preparen para enfrentar verdades mas allá de toda imaginación humana. La primera sentencia que nos dejaron en clave para que se comprenda y valorice el simbolismo, es cuando escriben que dijo; "soy el hijo del hombre." La razón apunta que estas palabras claramente establecen que el personaje es producto de la genialidad de unos cuantos que querían mantener ciertos conocimientos de forma hermética. Otra clave es el relato de cuando el personaje es interrogado en el sanedrín y se le cuestiona si el es el hijo de dios, y su respuesta fue simple; "Ustedes lo dicen." Es decir, el individuo no acepto tal declaración. Pero queda un misterio por resolver. Si el personaje no existió, pero en las crónicas romanas aparece el hecho de que el gobernador romano de los judíos Poncius Pilatus a mediados del tercer siglo antes de que se escribieran los supuestos evangelios, se vio obligado a crucificar a un esenio judío por cuestiones de políticas y conflictos entre los hebreos para evitar una guerra civil y por tanto la movilización de las tropas romanas para controlar tal clase de incidente, este gobernador así lo hizo, pero sabiendo que eran asuntos internos de los hebreos, resolvió que ellos fueran los jurados y determinaran su castigo, obviamente que los hebreos pidieron que fuera crucificado a lo que el gobernador romano accedió, pero para dejar establecido que el control político de la región era de roma, libero a los barrabas, palabra probablemente distorsionada, porque lo que hizo el gobernador fue liberar a todo delincuente que los hebreos habían arrestado, por cometer delitos en su sociedad. Este individuo probablemente atacado por los hebreos y crucificado en realidad tiene que haber sido un Esenio que representaba un gran peligro político religioso para la casta sacerdotal hebrea, este suceso fue muy bien capitalizado por los que tres o cuatro siglo después escribieron lo que se conoce como el nuevo testamento, particularmente sabiendo que los romanos guardaban en minutas los acontecimientos en sus territorios conquistados. Otra forma de dejar al descubierto los propósitos de quienes escribieron el nuevo testamento, es el relato de las bodas de Canaán cuando alguien le anuncia a el personaje que su madre y hermanos habían llegado y el responde; ¿Que madre, que hermanos? Una respuesta muy interesante saliendo de los labios de un hebreo, pues la ley de su libro sagrado ordena honrar siempre a padre y madre, aunque José desaparece del panorama después de los 12 años de este personaje y no se le menciona mas, dudo que tan presuntamente perfecto ser le guardara rencor a su padre humano por haberlo abandonado. En esta parte del nuevo testamento están las reglas básicas ocultas en el sermón de la montaña las buenaventurazas. Se te recuerda que las cosas aquí mencionadas no están en contra de ninguna religión, esas son cosas de los mortales, este camino es hacia la verdad, la razón y la lógica para los privilegiados llamados a comprender las verdades a revelarse mas adelante.

I- Bienaventurados los pobres en espíritu, porque de ellos es el reino de los cielos. Las palabras espíritu, alma, consciencia son sinónimos una de la otra, aunque los entes humanos las ajustan según sus particulares líneas de pensamientos y creencias. La pobreza de espíritu no es otra cosa que el pensamiento libre y abierto, la mente buscadora e imparcial, capaz del análisis y de cierta manera inconforme con los conceptos y preceptos comunes.

II- Bienaventurados los que lloran, porque ellos recibirán consolación. Todo aquel que tiene consciencia de las injusticias que por su estado primitivo comete la raza humana y de las falsas realidades que vive el hombre común siente una gran congoja y compasión por una raza que esta llamada a ser parte de algo mayor y que involucra los universos y dimensiones todas.

III- Bienaventurados los mansos, porque ellos recibirán la tierra por heredad. Aquellos que han elevado sus conciencias, percepción de las realidades y un poco sus habilidades psíquicas, mas aun aquellos que comprendan esta obra están llamados a establecer la nueva civilización y nuevo orden, pues la mas antigua de todas las profecías, "Y bajara el reino de los cielos." es una de las pocas que es inevitable su cumplimiento.

Y quien ha logrado de forma natural cierto nivel de evolución psíquica siempre es un ser pacifico, amante del amor universal y la justicia.

IV- Bienaventurados los que tienen hambre y sed de justicia, porque ellos serán saciados. Esta sentencia es una reafirmación de lo anterior, aparte de que nada escrito tanto en el libro sagrado hebreo como en el nuevo testamento era numerado en los originales.

V- Bienaventurados los misericordiosos, porque ellos alcanzarán misericordia. La misericordia es un estado auto reflexivo y analítico que se da al instante, todo acto que beneficia a otro individuo así como al colectivo es un acto de retrospección analítica que se da usualmente por una especie de lógica natural que impulsa al individuo a realizar determinada acción en pro de un bien mayor.

VI- Bienaventurados los de limpio corazón, porque ellos verán a Dios. Aquellos que han llegado a la lectura de esta obra dictada y guiada por necesidad de dar a la raza humana una oportunidad, sus seres se transforman y se preparan para conocer una de las grandes verdades y esa le mostrara el rostro de lo que los hombres llaman dios.

VII- Bienaventurados los pacificadores, porque ellos serán llamados hijos de Dios. Todo aquel que estudie y defienda esta obra, será un mensajero de paz y se les conocerá como hijos de la verdad.

VIII-Bienaventurados los que padecen persecución por causa de la justicia, porque de ellos es el reino de los cielos. Los que ayuden a que la humanidad despierte y esta pueda ser salvada, serán victimas de los grandes chacales, los proxenetas de las fe y los grandes intereses económicas y materiales que trataran de acallarlos, por primera vez existirán mártires verdaderos en la historia humana por una razón justa y verdadera.

IX- Bienaventurados sois cuando por mi causa os vitupéren y os persigan, y digan toda clase de mal contra vosotros, mintiendo. Gozaos y alegraos, porque vuestro galardón es grande en los cielos; porque así persiguieron a los profetas que fueron antes de vosotros. Y no pongan en duda estas palabras, pues esta clave te ayudara a entender tu destino y realidad dentro de los códigos secretos, ya no te preguntaras jamás cual es tu propósito en este mundo. Estas palabras reafirman todo lo que la buenaventurazas expresan sobre una de las verdades, es aquí que se aplica otra de las metáforas de el personaje conocido como el nazareno; "Pues aquel que tengo ojos que vea y oídos escuche." Es sentencia que la humanidad sino escucha, su final es inminente, esta obra es para los reconstructores.

Por cuestiones de políticas y creencias de épocas por milenios los secretos mas profundos se mantuvieron resguardos por pequeños grupos de estudiosos a quienes se les conoce como místicos, ocultistas y alquimistas entre otros, esto fue necesario para evitar persecuciones y que las líneas trazadas en el futuro de la humanidad se desviaran por mentalidades por mucho mas primitivas que las contemporáneas. Esto lo colaboras en el momento que según las leyendas uno de apóstoles se acerca a el personaje de cristo y le pregunta en forma queda; ¿Maestro, porque a ellos les habla en parábolas y no les da las mismas enseñanzas que nos imparte a nosotros en secreto.? ¿Qué cosas podían hablar y aprender estos seguidores y discípulos en secreto? ¿Cuáles eran su propósito? La respuestas a estas preguntas por ser tan obvias, debes reflexionarlas y encontrarlas por ti mismo (a) Y no aceptes una auto posibilidad, abre tu mente a un abanico de posibilidades, hasta que la intuición y tu conexión interna con todas las cosas existentes te guíen a las respuestas, sabrás que las has encontrado porque la paz interior reinara en ti el resto de tu vida. Es así que podrás comprender que es la raza humana e incluso veras dentro de la eternidad. Emular la vida de este personaje es todo el propósito de los que en un principio ocultaron entre historias y parábolas la esencia de lo que debe de alcanzar en su evolución consciente de la psiquis, Las bases están en estas palabras citadas de las que supuestamente dijo el cristo: (Despreciar los rencores y las habladurías; "No vituperaras, no señalar ni acusar a tus semejantes, no juzgar para no ser juzgado, haciendo alusión a el hecho de mal hablar de las personas aun cuando lo que se oiga sea cierto o no, pues cada quien es responsable de sus actos, verdadero libre albedrío, aborrecer el materialismo, 'Un fariseo le entrego una moneda y le cuestiono sobre si se debía pagar o no impuestos a los Romanos, y el cristo tomo la moneda y la observo y pregunto quien era el que aparecía al relieve de la misma, el cesar respondieron, entonces, el respondió; –Pues dad al cesar lo que es del cesar y a dios lo que es de dios.) así no solo menosprecio el materialismo sino que estableció respeto por las leyes del estado, sean o no estas justas, Otro ejemplo es cuando dicen que el dijo a quien te pida prestado, no le niegues y dale, a quien te quiera llevar a pleito y quitarte la tunica, dale también la capa, si cualquiera os pidiera llevarle una carga una milla, camina dos con el. A quien te pida dale, comparte de lo poco o mucho que tengas, pues quien da de lo que únicamente le sobra, no esta dando nada. El personaje también se expreso sobre la vanidad y el orgullo cuando indico que toda buena obra debe de hacerse de forma secreta y discreta. Insita a la meditación y la comulgación con uno mismo en retrospectiva y reflexión, cuando dicen que dijo que al orar, lo hagas en privado, encerrado en tus aposentos y no como los hipócritas que lo hacen en voz alta y en publico para ser vistos por todos. Recordemos que las palabras que se debían de usar tenían que estar a tono con la época para evitar la lapidación o ser apaleado por la chusma, orar no es otra cosa que comulgar libre de todo pensamiento mundano con las fuerzas que se mueven en todos los universos y planos, tratar de sintonizar el pensamiento e idea de un mortal con estas energías, aquí es que muchos de los llamados milagros ocurren y famosas figuras a quienes llaman santos através de sus constantes meditaciones causaban fenómenos sobre humanos, por decir uno, las levitaciones de Francisco De Asís, los olores a flores que muchos llamados santos dejaban a sus paso, la capacidad de muchos para soportar grandes sufrimientos y dolores, pues el pensamiento es todo y su asiento y trono el cerebro de los mortales. Este personaje de cristo exhorta a que seamos lógicos y racionales, esta lógica los que escribieron las crónicas en claves las expresaron así, no con la intención de que se crearan cultos e imperios alrededor de ninguna de las palabras que fueron acuñadas, mucho menos convertir a los mortales en esclavos de quienes aprovechan su ignorancia para explotarlos, menos aun someter a los infelices que teniendo grandes vacíos de consciencias e intelectos se vuelven fanáticos a muerte por lo interpretando de forma literal de lo que tanto el libro sagrado hebreo como el llamado nuevo testamento expresan: (No os hagáis tesoros en la tierra, donde la polilla y el hollín corrompen, y donde ladrones minan y hurtan; sino haceos tesoros en el cielo, donde ni la polilla ni el hollín corrompen, y don de ladrones no minan ni hurtan. Porque donde Esté vuestro tesoro, allí estará también vuestro corazón. La lámpara del cuerpo es el ojo; así que, si tu ojo es bueno, todo tu cuerpo estará lleno de luz; pero si tu ojo es maligno, todo tu cuerpo estará en tinieblas. Así que, si la luz que en ti hay es tinieblas, ¿cuántas no serán las mismas tinieblas? Ninguno puede servir dos señores; porque o aborrecerá al uno y amará al otro, o estimará al uno y menospreciará al otro. No podéis servir a Dios y a las riquezas. Por tanto os digo: No os afanéis por vuestra vida, qué habéis de comer o qué habéis de beber; ni por vuestro cuerpo, qué habéis de vestir. ¿No es la vida más que el alimento, y el cuerpo más que el vestido? Mirad las aves del cielo, que no siembran, ni siegan, ni recogen en graneros; y vuestro Padre celestial las alimenta. ¿No valéis vosotros mucho más que ellas? ¿Y quién de vosotros podrá, por mucho que se afane, añadir a su estatura un codo? Y por el vestido, ¿por qué os afanáis? Considerad los lirios del campo, cómo crecen: no trabajan ni hilan; pero os digo, que ni aun Salomón con toda su gloria se vistió así como uno de ellos. Y si la hierba del campo que hoy es, y mañana se echa en el horno, Dios la viste así, ¿no hará mucho más a vosotros, hombres de poca fe? No os afanéis, pues, diciendo: ¿Qué comeremos, o qué beberemos, o qué vestiremos? Porque los gentiles buscan todas estas cosas; pero vuestro Padre celestial sabe que tenéis necesidad de todas estas cosas. Mas buscad primeramente el reino de Dios y su justicia, y todas estas cosas os serán añadidas. Así que, no os afanéis por el día de mañana, porque el día de mañana traerá su afán. Basta a cada día su propio mal. No juzguéis, para que no seáis juzgados. Porque con el juicio con que juzgáis, seréis juzgados, y con la medida con que medís, os será medido. ¿Y por qué miras la paja que está en el ojo de tu hermano, y no echas de ver la viga que está en tu propio ojo? ¿O cómo dirás a tu hermano: Déjame sacar la paja de tu ojo, y he aquí la viga en el ojo tuyo? ¡Hipócrita! saca primero la viga de tu propio ojo, y entonces verás bien para sacar la paja del ojo de tu hermano. No deis lo santo a los perros, ni echéis vuestras perlas delante de los cerdos, no sea que las pisoteen, y se vuelvan y os despedacen. Pedid, y se os dará; buscad, y hallaréis; llamad, y se os abrirá. Porque todo aquel que pide, recibe; y el que busca, halla; y al que llama, se le abrirá. ¿Qué hombre hay de vosotros, que si su hijo le pide pan, le dará una piedra? ¿O si le pide un pescado, le dará una serpiente? Pues si vosotros, siendo malos, sabéis dar buenas dádivas a vuestros hijos, ¿cuánto más vuestro Padre que está en los cielos dará buenas cosas a los que le pidan? Así que, todas las cosas que queráis que los hombres hagan con vosotros, así también haced vosotros con ellos; porque esto es la ley y los profetas. Entrad por la puerta estrecha; porque ancha es la puerta, y espacioso el camino que lleva a la perdición, y muchos son los que entran por ella; porque estrecha es la puerta, y angosto el camino que lleva a la vida, y pocos son los que la hallan. Guardaos de los falsos profetas, que vienen a vosotros con vestidos de ovejas, pero por dentro son lobos rapaces. Por sus frutos los conoceréis. ¿Acaso se recogen uvas de los espinos, o higos de los abrojos? Así, todo buen árbol da buenos frutos, pero el árbol malo da frutos malos. No puede el buen árbol dar malos frutos, ni el árbol malo dar frutos buenos. Todo árbol que no da buen fruto, es cortado y echado en el fuego. Así que, por sus frutos los conoceréis. No todo el que me dice: Señor, Señor, entrará en el reino de los cielos, sino el que hace la voluntad de mi Padre que está en los cielos. Muchos me dirán en aquel día: Señor, Señor, ¿no profetizamos en tu nombre, y en tu nombre echamos fuera demonios, y en tu nombre hicimos muchos milagros? Y entonces les declararé: Nunca os conocí; apartaos de mí, hacedores de maldad. Cualquiera, pues, que me oye estas palabras, y las hace, le compararé a un hombre prudente, que edificó su casa sobre la roca. Descendió lluvia, y vinieron ríos, y soplaron vientos, y golpearon contra aquella casa; y no cayó, porque estaba fundada sobre la roca. Pero cualquiera que me oye estas palabras y no las hace, le compararé a un hombre insensato, que edificó su casa sobre la arena; y descendió lluvia, y vinieron ríos, y soplaron vientos, y dieron con ímpetu contra aquella casa; y cayó, y fue grande su ruina.) *El personaje cristo nos deja claro que la ira y la violencia es un arma valida para usarse en contra de las mentiras e injusticias, cuando es preferible morir por una verdad que vivir por cien mentiras. Esto se ilustra en el relato de cuando el llega al templo y expulsa a todos los mercaderes, recolectores de impuestos y prestamistas, defendiendo el hecho de que el lugar estaba para servir a un pueblo y no para servirse de el y de paso demuestra la gran hipocresía de los sacerdotes y fariseos que utilizaban el templo como su centro de gobierno y negocios. Aunque presumo que el cristo tiene que después de haber hecho esto, tuvo que correr como puta perseguida por proxeneta enojado, si algo así sucedió en realidad, quien haya sido el que valientemente enfrento la mafia de la época, no dejaría de ser un héroe, como todo aquel que protege al humilde del engaño y la explotación. En la actualidad la practica de que las religiones sean una fuente de negocios y enriquecimiento, sigue viva. No niego que en mi pasar por este mundo he visto creaturas humildes que predican según lo establece las costumbres antropológicas y sociales de la cultura religiosa, seres que se sostienen de sus trabajos y sueldo, que usan el diezmo para ayudar a sus feligreses, he visto almas brillantes que resplandecen por su fervor y amor a el prójimo, sin interés personal alguno, esos, aunque no dejan de ser primitivos son dignos por cuanto su amor es verdadero. Bien; Si todo lo explicado en esta sección se analiza de forma imparcial y libre de prejuicio, se vera una lógica y mecanismo de vida sumamente racional para el individuo, sin intermediarios ni aferros a lo que dicta un agusado individuo desde un pulpito tratando de controlar las vidas de sus seguidores o vendiéndole el perdón divino a los ricos y poderosos.*

La gran paradoja de esta obra es que es apocalíptica, no porque pretenda infundir un futuro de destrucción y muerte, sino porque es al mismo tiempo la respuesta a lo que en si es el Apocalipsis, que no es otra cosa que un nuevo principio para los mortales. Si has llegado a este punto de lectura ha sido por auto determinación y tienes la valentía de enfrentar el anuncio del porvenir y se te hará mas fácil los oscuros tiempos en que vivimos gracias a las acciones de los hombres y no por una causa divina. Esto quiere decir que eres una de las privilegiadas mentes llamadas a comprender estas cosas y ver directamente y dentro de la supuesta realidad humana. En los códigos secretos se revela que un fuerte terremoto en el llamado nuevo mundo y un experimento atómico provocarían que el eje de la esfera azul se inclinara dando comienzo a una cadena de fenómenos naturales, que marcarían el comienzo de las grandes catástrofes, En chile habrá un terremoto que los hombres de ciencia indicaran que por su intensidad y localización inclinaran el eje de este mundito, el experimento a que hace alusión el código, no es otro en el que los científico trataron de recrear el momento de la creación del universo, utilizando un acelerador atómico y disparando un átomo a gran velocidad por una especie de túnel en forma de aro que le daba la vuelta a una ciudad completa, en ese momento y aunque los mortales no se percataron hubo una suspensión del movimiento natural del tiempo del planeta y la energía liberada en forma de plasma atómica, durante este experimento se afecto el magnetismo de la tierra que corre de forma multidireccional, por eso que muchas aves migratorias y otras especies que se guian por este campo, en los ultimos años se ha notado una desorientación en su comportamiento. Esta liberación de plasma al afectar los campos magnéticos del planeta bien pudo desbalancear el eje del planeta. Por tanto, el terremoto de Chile y el experimento afectaran ese delicado balance o el terremoto se utiliza como elemento para encubrir el efecto del acelerador gigante de partículas atómicas y sus efectos. Cuando este Jesucristo dejo sus código, lo hizo de forma tan obvia que pasa desapercibido, si relees las citas que se hacen sobre lo que se dice que el dijo, el menciona clara y tácitamente que la casa de su padre esta en los cielos, si esto se toma a la ligera y de forma literal, se vuelve en algo incongruente y fuera del sentido común, pero la manipulación de las palabras por parte de los comerciantes de la fe bloquean el sentido común de los fanáticos y feligreses, nótese que al decir, casa, hogar o reino, se establece de forma empírica y lógica que se refiere a un lugar, ha algún punto real y físico. Si las bibliotecas de Alejandría no hubiesen sido destruidas por turbas que hicieron del llamado cristianismo su punto de poder y control, en ese momento de los aconteceres de los mortales, la respuesta a esto seria conocida por todos y como estas palabras se relacionan con la civilización de los sumerios y los hésenos que antes que Abraham y otros lideres por diferencias de criterios abandonaron la ciudad de Ur. Pero en los códigos secretos, doctores de la ley y Rabinos encontraran la respuesta y la darán a conocer. (Hablo en futuro porque no se si para cuando esta obra sea publicada, ya todo esto habrá acontecido.)

A pesar de haber leído mas de 3,000 libros a lo largo de mi vida, sobre filosofía, ocultismo, religiones, metafísica, entre otros temas, buscando respuesta y concordancias con mi experiencia en el 1967, todo me parecía demasiado simplista y elemental, no leo prensa escrita ni veo o escucho noticieros transmitido por los medios de comunicación común, y al resistirme ha ser un tecno zombie mas, controlado por las grandes empresas que se dedican a este negocio en conjunto con los gobiernos, pues quizás soy de los pocos que esta exento de la esclavitud contemporánea. Que traten de describirme como paranoico, bueno, un poco de paranoia no viene mal en estos tiempos de pura oscuridad y maldad, además lo que opinen los críticos me importa un coño.

¿Pero que mas revelan estos códigos ocultos en la biblia hebrea? Allí esta plasmado el pasado, el presente y el futuro de la humanidad, estas cosas me mostró el hombre de negro en el 1967. Aunque los recuerdos son vividos en mi memoria de este episodio en mi vida y a pesar de las muchas cosas que el libro que se me mostró tenia un numero al lado y se resaltaban en forma de luz brillante, los primeros fueron tres nombres de presidentes de estados unidos incluyendo a el actual Barack Obama, por alguna razón intuitiva se que esto es de relevancia, estos mandatarios hicieron o harán grandes cambios en la humanidad, Los códigos exponen de forma concreta los nombres de distintos personajes en la historia de la raza humana, me intrigan los números de los presidentes de los Estados Unidos de America porque en mi búsqueda de las posibles razones y explicaciones del suceso, sumando de forma cabalística los números de estos presidentes dan el numero 5 que representa el pentagrama o estrella de cinco puntas que es uno de los símbolos de los masones, otras sociedades secretas, así como parte del simbolismo de ideas políticas y religiosas que por razones de interés político la iglesia católica hizo que la plebe asociara con el imaginario personaje de Lucifer.

Abraham Lincoln-   16
John F. Kennedy-   35
Barack Obama-   <u>44</u>
                 95 (9+5=14) (1+4=5)

NOTA: Esto es una especulación personal, pues el pentágono de los EE.UU. tiene cinco puntas.

Anuncian los códigos las revoluciones políticas de China, Francia, y distintas guerras que ya han ocurrido incluyendo las primeras bombas atómicas que se utilizaron en Japón, menciona a Hitler por su nombre, el holocausto de la segunda guerra mundial, al propulsor de la era nuclear, Albert Einstein, el auge y caída de los sistemas comunistas e incluso el ultimo terremoto de Japón que creo la crisis de las plantas nucleares. Tu que has llegado hasta aquí en tu lectura, puedes estar en plena seguridad, que nada de lo que ha sucedido y sucederá esta fuera de este código que lo predice todo, los antiguos doctores de la ley judaica lo sabían pero no tenían los medios para poder descifrar billones de códigos, pero ahora y es para lo que la tecnología debe de servir, gracias a las computadoras podrán ser de forma útil, trayendo conocimientos a los mortales que están oculto a simple vista, y no como un instrumento de entretenimiento y desasociacion de la realidad que destruira sociedades y nucleos familiares dando paso a una sociedad, y recalco; tecno zombilizada, la tecnologia es para ser sometida a favor de la humanidad, no a la inversa.

Vendrá la gran aflicción para la humanidad, las sombras y el frío crearan grandes crisis de hambre y muerte, billones morirán, pero después de todas estas cosas en el horizonte se levantara una luz de nueva vida y civilización transformada, por eso es que en el nuevo testamento se dice que dichosa la mujer estéril y el hombre impotente al final de los tiempos, así no verán a sus crías sufrir. Contrario a lo que parecen estas cosas, con aspecto apocalíptico y profecías de destrucción y muerte, es todo lo contrario es la preparación para los reconstructores como se dijera antes. El por venir y los acontecimientos son inevitables, y será que se conocerán las semillas que darán el buen fruto y el árbol que ha de ser echado al fuego, los falsos profetas mostraran sus rostros y los lobos disfrazados de ovejas no podrán ocultar sus colmillos, así como el comunismo desaparecerá, todo culto falso y religión ya no serán mas pues los mortales conocerán la verdad y por tanto la libertad llegara a los mortales. Las vías de ese camino son la razón y la lógica como principio de vida de cada ser pseudo pensante en este planeta. Parte de esta clave se encuentra en el libro de Eclesiastés cap-1ro vers. 2 al 11, siempre y cuando que se estudie de forma objetiva.

El hombre de negro me advirtió que mis siguientes diez años de vida serian muy saludables y felices, pero que en quinto mes de mayo de 1977 vería la cara oscura y bélica de los mortales y que mi cuerpo sufriría grandes y graves consecuencias el resto de mis días y que moriría tres veces a lo largo de mi existencia física, de esto puede dar fe mi ultima esposa a quien en dic. de 2009 le advertí que en mayo de 2010 la muerte me tocaría con su calido beso, y así fue. Es como si se hubiese hecho un pacto para salvar a los muchos, sin dejar de entender su estado primitivo, comprender el dolor, el sufrimiento y otras cosas que de no ser por mis circunstancias de salud no podría, pues a pesar de haber visto tanto y escuchado se me hace imposible entender muchos conceptos humanos de raíz primitiva y vinculados directamente a estados volitivos y sentimentalismos que padecen los mortales. Al escribir sobre estas cosas, tal como se me pidió que hiciese te estoy dando otra clave del significado de la evolución psíquico consciente, una especie de espejo, pues has de ser valiente, inteligente y sentir el llamado a ser parte del gran cambio. Lo que se revelara aquí, todas las religiones se verán obligadas a reconocerlo, pues su salida a la luz es una eterna profecía que ellos temían se cumpliera. Comencemos a razonar; Por cuanto y tanto ante los ojos de los humanos todo parecería un caos, por la ley el balance se establece por fuerza y poder propio, es como un gran plan escrito pero no organizado, dividido en fragmentos. Todos sabemos que al mirar al cielo vemos estrellas que hacen millones o billones de años explotaron y dejaron de existir, pero seguimos con la ilusión de que están allí, lo que a su a vez destruye toda idea y concepto de tiempo y espacio tal como los concibe el hombre, aunque como paradoja esta realidad de física astronómica demuestra que la eternidad es un hecho. Por consiguiente se comprende lo milenario de los códigos secretos y porque se pre estableció un momento determinado para que se desgarraran los velos de las cosas que hasta hoy se han tomado como realidad. El famoso 21 de dic. de 2012, tiene una explicación tan sencilla y al mismo tiempo tan interesante que aparta toda especulación de las mentes que lo asocian con el fin de la humanidad. La raza humana será mermada, pero esta llamada a sobrevivir, aunque en comparación con la extensión de nuestro universo la vía láctea tiene el tamaño de una partícula de dimensiones de un radio de un trillón de billones no deja de ser parte de un andamiage de ese balance ya mencionado anteriormente dentro del gran caos, todos los elementos en el espacio inmediato a la raza humana están en un eterno movimiento tanto circular como de caída, el 21 de dic. 2012 nuestro sistema solar se acercara al borde del centro de nuestra galaxia, evento cíclico que en tiempo común de los hombres sucede entre cada veintisiete mil a treinta mil años, este fenómeno trae cambios en el eco sistema del planeta, esto nuestros amados nativos de todo lo que se conoce como el nuevo mundo lo sabían, es por esta razón que respetaban y rendían culto a la naturaleza toda, la profecía de los Mayas en su calendario solar solo avisa que comienza un nuevo ciclo de renovación y se darán cambios en la conciencia colectiva de los mortales, en los códigos secretos se encuentra esta explicación y expone que por la ignorancia de los mortales y su ambición materialista a partir del siglo IXX debilitarían la resistencia del planeta a esta proximidad al borde del centro de la galaxia provocando que los catástrofes naturales dado ha este acercamiento del planeta a la vortice galáctica aumentando los efectos en los fenómenos naturales y la inestabilidad del centro de la esfera azul desviando y

reordenando los impulsos magnéticos internos del sistema natural del balance del planeta, pero la mano de los hombres es la responsable de que un proceso cíclico y natural sea una hecatombe mayor y mas prolongada, esto se hará muy evidente cuando los niveles de oxigeno comiencen a mermar en todo el mundo gracias a la deforestación de las reservas verdes y pulmones del planeta. En esta misma línea se encuentra la explicación de las pirámides dispersas en distintos puntos del planeta, las cuales se consideren ya sean tumbas faraónicas o centros de cultos primitivos están ahí, todas convergen en que según los antiguas civilizaciones eran inspiradas por los dioses, los antropólogos encuentran cierta asociaciones entre unas y otras, pero si mirasen mas de cerca verían que al igual que en Egipto la misteriosa raza conocida como Sumeria inciden en todas ellas y dejaron señales para que fueran encontradas. Probablemente al momento de que estés leyendo esta obra el 21 de dic. habrá pasado y veras que del 2013 al 2022 todo se convulsionara en términos ecológicos, sociales y de estados de consciencias alterados muchos mas violentos. Si estas llamado a ser un reconstructor comprenderás todas estas cosas y la gran verdad que aun falta por develar en estas paginas. Aunque no dice el porque el libro establece en un tono de advertencia que el país conocido como Perú es sagrado y de gran importancia para el porvenir.

En lo personal me es indiferente si crees o no estas cosas, solo soy un instrumento, un mensajero, alguien que ha llevado la carga de conocer todas estas cosas desde la edad de siete años, y créeme, no es tarea fácil guardar para si tantas cosas hasta el momento designado para darlas a conocer. Se que has esperado toda tu vida por esta obra, te sientes y sabes que eres diferente a los demás, no te ajustas a las ideas comunes y tus sentimientos que a veces te hacen sentir como un ser frío, solitario y apartado de los demás, no te debes de preocupar, es tu naturaleza, eres como una luciérnaga perdida pero luminosa en una gran oscuridad, pero solo te diriges a reunirte con tus verdaderos hermanos y hermanas que comenzaran a poner en practica la evolución psíquico consciente y ya no te sentirás en soledad, eres un ser escogido y muy especial que caminas hacia el nuevo y maravilloso futuro horizonte de la humanidad. La verdad que tanto has presentado y buscado, al fin llega a tus manos, esta obra es tu guía y maestro, tu estas por encima de los sufrimientos, sentimientos, emociones, ideas e impulsos primitivos que sufren el resto de mortales. Si escribieras sobre todo lo que no te agrada de tu civilizaciones y el comportamiento del simio parlante, probablemente terminarías con una lista de mil cosas que te asquean de tu mundo y sus habitantes. Aunque sabes como interactuar con los simios parlantes, les comprendes y les extiendes la mano cuando es necesario, tienes la habilidad de escuchar y sabes cuando debes de dar un consejo y cuando guardar silencio, ahora por fin puedes discernir el porque tanto aquellos que conoces como desconocidos totalmente, recurren a ti y te cuentan sus vidas y buscan de tu consejo, esto esta escrito en los códigos secretos, pues expone que los elegidos que en total son 1,140.000 (un millón ciento cuarenta mil) aunque solitarios serán buscados por multitudes, es decir, aunque tu nombre no aparece escrito porque obviamente serian demasiado para nombrarlos a todos en esta obra, si aparece el hecho de que existirías para esta época como parte de los reconstructores. Hermandades como los Masones, Rosacruces y otras de carácter herméticos y metafísico están consciente de esta realidad, por eso en los últimos tiempos se han abierto un poco mas al publico.

El simio parlante tiene un propósito dentro de los universos y planos dimensionales, las formas de los siete universos, cada uno de ellos es triangular y de distintas texturas, el nuestro es como si fuera una gran esponja o coral, dentro de este existen cientos de dimensiones que pierden todo sentido de comprensión ante las mentes de los mortales y en donde tiempo y espacio en algunas son relativos, en otras no existen y muchas son pura energía, existen mas de un billón de elementos radiactivos que el hombre no conoce e igual o mayor numero de elementos químicos y metales, uno de los secretos de este libro es que revela la maquina del tiempo y la forma de viajar a la velocidad de la luz para el hombre, asunto que coincide con la parábola de la semilla de mostaza, todo ese potencial se genera en el cerebro y através del pensamiento y en la plena confianza de que es posible. El problema surge en que la evolución psíquica y desarrollo del cerebro humano se han visto atrasados y estancados por el impulso bélico de los mortales, todos los conflictos de este tipo y el instinto agresivo y de violencia de el simio parlante retrasaron la evolución en mas de sesenta años, toda vez que los elementos de instintos de violencia y agresividad asoman, el cerebro humano sufre una contracción causando un desorden neuroquímico que afecta áreas de desarrollo cognoscitivos y desvía esa energía a los órganos internos del cuerpo afectándolos y causando muchos de los males físicos que padecen los mortales, el llamado pacifista no esta exento, al reprimir sus impulsos de agresividad crea un conflicto interno que es igual a la ira, no porque sus intenciones sean negativas, sino porque no se pueden disolver sesenta años de estancamiento evolutivo o de involución con solo la intención y el deseo, es esta una de las razones por la cual el budista legitimo y por herencia cultural esta en parte exento de muchos de los males del porvenir. Aunque no sea muy bien asimilado, la verdadera inteligencia, en su forma mas pura imbuye y esta presente en todo, aun en aquellas cosas que según el punto de vista humano se puede considerar negativo y malo, es una poderosa energía que se expande en todos los cuadrantes de todos los universos y planos entrelazándolos a todos y estableciendo limites entre unos y otros como un balance que evita el choque de distintas energías menores, es en realidad el llamado espíritu santo, es por esto que el nuevo testamento prohíbe que se hable mal de esta fuerza; "En mi contra y aun en contra de mi padre pueden mal hablar, pero jamás contra el espíritu santo." así dicen que dijo el mítico personaje de Jesucristo. Todas estas cosas son mencionadas con el propósito implícito de que tu pensamiento se vaya expandiendo y preparando para la gran verdad. La opción de reflexión y aceptación es tuya, pues el libre albedrío y la libertad individual son sagrados, pero es necesario abrir los ojos de los dignos para que estas cosas tomen su posición y valor verdadero entre los reconstructores. La formula es sencilla, la verdad es libertad, la libertad es la verdad. ¿Pero cual es la formula real para alcanzar esa verdad y evolución consciente? Una de las grandes advertencias que esta en el libro hebreo es que los mortales, sino toman consciencia de estas realidades, terminaran siendo parte maquinas, seres asimilados por las llamadas computadoras, fenómeno que ha comenzado con todo el control que poseen actualmente las redes de Internet y los teléfonos celulares sobre millones de seres humanos, sin dejar de mencionar los video juegos y la televisión que ha pasado a ser la niñera de los infantes de forma indiscriminada sin importar el tópico o tema del programa que se transmita, tenga este contenido sexual, violencia o lo que se les de la gana de transmitir a las emisoras televisivas sin tomar en cuenta el hecho de que ya han asesinado la inocencia de los pueriles, y la raza humana es tan absurda que pretende ignorar la promiscuidad que estas influencias desarrolla en lo que alguna vez era el mayor tesoro de las almas puras. ¿te duele y no aceptas esta verdad? Entonces perteneces a las legiones de hipócritas, falsos moralistas y depravados reprimidos que se esconden detrás de una imagen de defensores de los derechos de los infantes. No seas como madera corroída por la polilla y el comején, que se proyecta preciosa por fuera y esta podrida por dentro, la naturaleza del simio parlante es de raíces primitivas y genéticas, se auto reprime y el mas puritano es el mas impulsos degenerados que oculta. Todo prejuicio es marca de hipocresía, quien condena y persigue la profesión de la prostitucion en cualquiera de sus modalidades, es alguien que probablemente arde internamente por sus propios deseos de poseer a alguien de la grey de estas personas sexo trabajadoras o refleja su propio deseo de ser parte de la profesión desviándolo a la persecución, obviamente que no se refiere aquí a los que trabajan y tienen que hacer cumplir las leyes y estatutos del estado, pero el ciudadano común, carajo, no critique, condene ni persiga, si desea que estas personas salgan de esta vida por libre determinación, ayúdele a buscar estudios, trabajo y sea un mentor (a) para esta persona, manteniendo en mente siempre que es una decisión muy personal de la persona continuar en esta profesión o no, las razones del individuo son irrelevantes y derecho de vivir su vida como así lo determine. Otros que son de mayor sospechas en sus depravaciones ocultas, son aquellos que señalan y condenan a los homosexuales, lesbianas, bisexuales, travestis, transgéneros, las relaciones libres entre parejas, la poligamia y todo aquello que sea del disfrute sexual de cada quien. Ninguna sociedad puede hablar de democracia, libertad, justicia e igualdad si no mide al otorgar derechos a todos sus ciudadanos por igual, la sexualidad humana y sus preferencias en conjunto con sus distintos matices y manifestaciones es parte de la naturaleza del homo sapiens, y la naturaleza no se puede regular bajo ningún concepto y mucho menos regularla o tratar de controlarla con leyes de los hombres, esto es una de las evidencias mayores de la ignorancia y necedad del simio parlante. Todo varón de la raza humana que bajo cualquier circunstancia agreda a una hembra, tiene tendencias homosexuales, bien sean activas o reprimidas. Todas estas crudas verdades, solo le dolerán ha aquellos que practican cualquier tipo de los prejuicios aquí mencionados. La lógica y la razón nos dicta entonces que un avance en la evolución de la raza humana es separar el fenómeno sexual de los sentimentalismos y de ser un acto exclusivo de parejas, este vinculo creado entre parejas que relaciona el aspecto sexual con lo que malamente el simio parlante denomina amor, es el causante de la violencia entre matrimonios y personas que conviven en relaciones consensuales. La sexualidad debe y tiene que ser algo libre, pues los genitales de nadie pertenecen a nadie ni se pueden adquirir bajo contrato, de igual forma que no se puede decir a nadie que hacer con sus manos o pies, aun cuando exista una relación amorosa, tampoco podemos dictarle pautas en cuanto a su sexualidad, pues cuando un mortal elige una pareja y sus sentimientos son legítimos, probablemente le sea sexualmente fiel, pero esto debe de ser una auto determinación personal y no una obligación o imposición por costumbres sociales y la mayor mentira que viven lo pobres mortales, la falsa moral e hipocresías sociales, amar es sinónimo de libertad y respeto por la individualidad de ese objeto amado, es decir, ama por quien es esa persona de los ojos para arriba, su inteligencia, su capacidad de comprender, su sentido de lógica y aplicación de la razón y visible evolución consciente, apártate de cualquiera que desee controlar tu vida y someterte a su voluntad, a quien te cele y aparte de la vida social y sobre todo de aquellos individuos retrógrados que dan señales de ser violentos, seas ya hembra, varón o de cualquier genero alternativo. Para los que se sentirán ofendidos por estas cosas, no porque me interese justificarme, sino para evitar que caigan mas profundo en su propia ignorancia, les recuerdo que antes de comenzar este encargo hice votos de castidad y celibato ante ciertas hermandades herméticas y místicas, esto les evitara malos y equivocados juicios, pues soy 100% heterosexual, pero no sufro de complejos machistas ni homofobia.

Otro problema que mantiene en jaque a las sociedades es el uso de drogas ilegales, el narco trafico y la violencia que esto arrastra, solo me queda lamentar lo patético que se ven los mortales cuando ellos crean sus propios problemas sociales y luego quieren desaparecerlos. El gran problema social en que se ha convertido la droga adicción es producto de intereses bélicos contemporáneos, en particular los intercambios de opio, cocaína y marihuana por toneladas a cambio de armas o servicios mercenarios, trueques e intercambios de muerte y sangre, durante la competencia entre Estados Unidos y la antigua Unión Soviética usando de tablero de ajedrez a Vietnam, se les facilitaba a los soldados estupefacientes para mantener su "moral en alto," aparte de los experimentos con drogas como el LSD y otras drogas de tipo sintético. Los alucinógenos desde la prehistoria han sido parte de la vida de los mortales, los antiguos chamanes, médicos brujos, guerreros en sus ceremonias previo a los enfrentamientos con sus rivales tribales, el cliché de las clases burguesas de utilizar heroína y morfina en siglo IXX, amen de que siempre ha existido algún tipo de droga que las diferentes etnias han usado históricamente, distintas drogas con distintos fines, desde el de aliviar problemas de salud hasta conectarse según ellos con el mundo espiritual, un ejemplo de esto es el uso de la hoja de la coca por indígenas bolivianos, no solo es una forma de sustento económico, sino que la utilizan para aplacar el hambre, cualquier dolama y soportar muchas veces sus duras condiciones de vida. El absurdo mayor es que entre la gente mas adinerada, grandes ejecutivos y profesionales titulados, entiéndase abogados, médicos y jerarcas de las agencias de todos los gobiernos, no dejan de muchos de ellos ser usuarios de la forma mas discreta y clandestina posible, se autodenominan usarios ocasionales. A todas las drogas ya conocidas se les tiene que sumar las llamadas de diseño, el que no usa drogas ingiere alcohol, fuma o alguna manía tiene hasta existen adictos al sexo. Si todo esto es una realidad que nadie puede negar y que se manifiesta en todas las áreas de la sociedad, desde las religiones hasta los cuerpos de seguridad publica; ¿Que parámetros de lógica y razón son aplicables y pro evolutivos? Si miramos a la prohibición del alcohol en las décadas de los veinte y años treinta en Estados Unidos, vemos como gracias a eso surgen los grandes y poderosos imperios de la mafia que controlaron gobiernos estatales y sectores federales por mucho tiempo, hasta que apareció algún puritano y trato de combatir un problema que el mismo estado había creado con la ley seca, acorralaron a los gángsters que traficaban con alcohol y empujaron a estos a buscar alternativas, nace así la lucrativa industria del trafico de heroína, que con la depresión económica de la década de los años treinta es la única salida que queda para muchos empresarios que habían perdido todo, así que es un experimento interesante tratar de adivinar cuantas de esta empresas encopetadas que existen hoy y día son producto de esta época en donde la mafia ayudo a levantar la economía de la nación previo a la segunda guerra mundial, que cambiaria las fronteras del planeta por los siguientes cincuenta años. Volviendo a la pregunta ¿Que parámetros de lógica y razón son aplicables y pro evolutivos? Una respuestas llana para una pregunta que envuelve tantos elementos complejos. La liberación y legalización, dejar de condenar conductas sexuales que sean por consentimiento y en donde no medie ningún tipo de violencia, descriminalizar la prostitucion, es claro que educando a cada mortal en las medidas de salubridad y prevención pertinentes y estableciendo controles de salud para los seres que ejerzan la profesión de sexo servidores, otorgando licencias a individuos que se dediquen a el narco trafico ilegal y creando un registro comercial de estos, las substancias deben de ser vendidas y monitoreadas por los estados y serian estas las únicas permitidas y admisibles para su venta y uso, cualquier violación a estos estatutos debe ser sancionada sin reparos con la pena capital por inyección letal. Además de eliminar gastos billonarios en asuntos de salud publica por causa de enfermedades relacionadas tanto a la prostitucion como a las adicciones a drogas ilegales, el mas sencillo de los matemáticos podría calcular la gran bonanza económica que tal determinación produciría para el estado y por infusión indirecta todos los ciudadanos serian beneficiados pues las finanzas del estado serian muy sólidas lo que sustentaría el desarrollo de la infraestructura, servicios de educación y salud entre otras, las farmacéuticas se beneficiarían al producir substancias con las mismas características que las drogas ilegales pero sin sus daños a la salud, creando cremas y métodos preventivos, así como vacunas contra enfermedades venéreas. Esta liberación y legalización que es un paso a la libertad individual, creara fuentes de empleos en todas las áreas y progreso equitativo, aun los proxenetas de la fe saldrían beneficiados pues no le tendrían que quitar a los pobres parte de sus ya míseros salarios, ni participar de los negocios ilegales del narco trafico detrás del manto de religiosidad. Y estas cosas deben de ser legisladas antes de que los ejércitos del mundo se hagan invisibles y cuando las maquinas voladoras tengan vida propia. Estas cosas estaban escritas en una parte del libro cuyas paginas eran tornasol y sus letras de un color dorado fuego. Analizo estas cosas y concluyo que solo aquellos con una tendencia clara a la evolución consciente, saben que la naturaleza humana y sus debilidades de carácter los empujara siempre a lo promiscuo y a los vicios, para llenar sus vacíos intelectuales que terminan en sensaciones emocionales negativas y que las farmacéuticas han capitalizado con bombardeos de propaganda y conspiraciones clínicas para vender billones de dólares en drogas legales, muchas de ellas tan adictivas como las ilegales, son estas victimas de la propaganda de la depresión la que muchas veces terminan como usuarios de todo tipo de droga que buscan con los narcos traficantes y vemos entonces el nacimiento de un nuevo adicto, todo por la debilidad de carácter y pensamientos.

Los rayos gamas y ultravioleta del sol penetraran con mayor fuerza la atmosfera del planeta azul, esto traerá cambios de distintos grados en la corteza cerebral de todas las especies del planeta, provocando cambios neuroquímicos y potenciales cambios a nivel genético, esto implica que la violencia incrementara entre los mortales, pero otros cambiaran hacia un estado de mayor conciencia cósmica dejando atrás la cáscara de el materialismo y el egocentrismo, el aspecto intelectual sufrirá un marcado cambio y comenzara una cruda batalla entre la involución y la evolución en medio de grandes catástrofes, anarquía y caos social, Muchos verán esto como si fueran profecías derrotistas y pesimistas, pero en realidad es la antitesis del Apocalipsis, todo mortal que comprenda estas cosas y por libre determinación busque esta evolución psíquica consciente, tendrá un cincuenta por cien de oportunidad mayor de sobrevivir a los eventos que acontecerán. Es fundamental que los mortales dobleguen sus pensamientos, emociones e impulsos, que vean en la razón y en lo que es lógico un modo de transformación de vida. Aceptar el hecho de que son parte de múltiples universos y dimensiones, para cuando esta obra salga a la luz ya la ciencia habrá colaborado la existencia de vida en otros mundos, no ya como una posibilidad, sino como una realidad, pues la ciudad que estará construida sobre la atmosfera del planeta sufrirá de un ataque de una especie de polilla espacial, encontraran en el planeta rojo rastros de fósiles microscópicos y aun en la luna constataran estas realidades. Y la hora de romper los sellos de secretividad por parte de los gobiernos, en particular de las potencias mundiales habrá llegado, y antes de que estas cosas lleguen a los mortales los adoradores de roma habrán reconocido que la vida es posible en otros mundos, por voz de su máximo líder, el llamado vicario de Pedro, dar esta noticia al mundo le corresponderá a el presidente de los Estados Unidos De Norte America, Barack Hussein Obama II, nacerá en Honolulu Estados Unidos el cuarto día del octavo mes de 1961, según las fechas comunes de los hombres, en la lanza de los grandes cambios y revoluciones sociales y políticas que marcaran esa década en especifico, será legislador por el territorio del estado de la pradera, quinto senador afroamericano y tercero desde lo que nombraran la era de la reconstrucción, renunciara en el mes once de 2008 y será el primer presidente de la raza negra en la nación del águila por ocho años eso acontecera a partir del primer mes de enero de 2005. Nadie cuestionara como un senador novel en tres años logra lo que para otros puede tomar décadas, el mandatario conocerá la razon y llegado el momento hablara a el mundo de nuevos horizontes, será un hombre respetado y apreciado por todas las naciones y revelara el primer contacto con seres de otro mundo, si luego de salir esta obra, los mortales comienzan a auto transformarse y redirigir sus pensamientos.

¿Pero como alcanza el simio parlante este estado de evolución? Comencemos por convertir los elementos positivos de las leyendas del personaje de Jesucristo como fundamento, así se cumplirá la profecía de que su regreso se daría como ladrón en la noche, eliminaremos todas las fantasías que rodean a el mítico personaje, nos enfocaremos en su supuesto estilo de vida. Sus características mas profundas e importantes serian las siguientes:

1- Un ente sin fronteras.
2- Sin prejuicios de ninguna clase, compartía con todos por igual.
3- No juzgaba ni condenaba a ningún contemporáneo.
4- Apolítico.
5- Se apartaba del materialismo.
6- Profundamente reflexivo.
7- Por los supuestos milagros que se le atribuyen, se ve a grandes rasgos que había desarrollado sus capacidades psíquicas.
8- Hombre de pocas palabras, a menos que lo que fuese a decir tuviese sentido, lógica y propósito definido.
9- Claro en el concepto de la vida y la muerte.
10- Pleno discernimiento de lo que supuestamente es el bien y mal.
11- Se aparto de las pasiones y sentimentalismos humanos.
12- Era anti vanidad, hipocrecia y mentiras.

Tomas de Aquino expreso unas palabras de suma importancia y que en el presente convergen con los cambios que deberán de hacer aquellos llamados a ser reconstructores;
"Toda verdad dicha por quien la diga, proviene de el espíritu santo." (Omne verum, a quocumque Decatur, a Spiritu Sancto est.) Disculpen mi latín, estas palabras se me mostraron hacen cuarenta y cinco años atrás. Recuerden que el espíritu santo es en realidad una energía que influye en todo lo existente en todo plano y universo conocido y por conocer y las palabras de nuestro personaje mítico y prostituido, Jesucristo a favor de los intereses de los mortales, al ser códigos legados para este ciclo en que esta obra aflora. Entraremos ahora ha conocer esas palabras que son parte del código mas cercano.
- Yo Soy el camino, la verdad y la vida. Nadie conoce a el padre sino por mi. Buscar la auto perfección, es tratar de encontrar esas verdades que los mortales no han descubierto, y quien las comprende sufre una conversión y su vida se

transforma de forma positiva, en un pro viviente y no en un antagonismo comun, y quien alcanza este estado estará preparado para conocer la verdad de las verdades sobre las mentiras que han vividos los seres humanos por milenios.

- El que me ha visto a mi, ha visto a el Padre.

Estas palabras son consonas con las anteriores, pues padre es el gran cosmo y sus multiples rostros.

- La palabra que escucháis no es mía, sino del Padre, que me ha enviado. Se recalca el misterio de aquello que a los mortales se les hace difícil aun el siglo XXI comprender esta clave es contundente y se entenderá su significado según la consciencia individual se vaya armonizando con la máxima realidad.

- Salí del Padre, y he venido al mundo. Ahora dejo otra vez el mundo y voy al Padre. Otra clave que hace clara referencia a que en algún punto del universo inmediato a los mortales, esta una verdad que este desconoce.

- Mientras estoy en el mundo, soy luz del mundo, Reafirma las palabras anteriores.

- Como el Padre resucita a los muertos y les da vida, así también el Hijo da vida a los que quiere. La gran marca de que la emulación de la vida, pensamiento, razonamiento y lógica de este mítico personaje y sello, es la forma que transforma tanto a el individuo como al colectivo. Estas palabras tienen significado especial en lo personal, pues puedo dar testimonio de que existe una fuerza que determina si después de la muerte regresas al mundo físico, pues entre abril y mayo de 2010, estuve médicamente muerto en tres ocasiones, la primera vez mas de dos minutos y la tercera unas diez horas en donde mi corazón fue desconectado para una cirugía de corazón abierto y a las cuatro horas estaba consciente y alerta.

- Cuando sea levantado de la tierra, atraeré a todos hacia mí. Al revelarse la gran verdad y derrocar toda mentira, literalmente los reconstructores seran conocedores de los mundos y planos ahora vedados por el estancamiento evolutivo del simio parlante.

- Como el Padre me amó, yo también los he amado, permanezcan en mi amor. Palabras claves.

- Si me aman, guardarán mis mandamientos, y yo pediré al Padre, y les dará otro Abogado, para que esté con ustedes para siempre, el Espíritu de la verdad, a quien el mundo no puede recibir, porque no le ve ni el conoce. Pero vosotros le conocéis, porque mora con vosotros. Solo plantéate esta pregunta: ¿Esas palabras se referirán a esta obra que ahora tienes en tus manos y tus ojos leen?

- Yo para esto he nacido, y para esto he venido al mundo: para dar testimonio de la verdad. Todo el que es de la verdad, escucha mi voz. Desde mis siete años y la experiencia con el hombre de negro, estas palabras han retumbado en mi mente, el porque lo desconozco y extrañamente aun en este momento, que las escribo tengo la sensación de una gran paz y de que el tiempo y espacio desaparecen, siempre me dejan con la percepción de que mi cuerpo pesa cientos de libras. Algo dentro de mi me dice que no busque una explicación.

- Conviértanse, porque ha llegado el Reino de los Cielos. Hacia esa dirección guía esta obra a la humanidad.

- ¡Ay cuando todos los hombres hablen bien de ustedes!, pues de ese modo trataban sus padres a los falsos profetas. Es por esta razón que las criticas de los depredadores y de aquellos que verán como sus imperios fundados en la ignorancia, de los proxenetas de la fe y de fanáticos e ignorantes, me importan lo que excremento de cerdos.

PALABRAS COMPLEMENTARIAS PARA LA EMULACIÓN DE EL SER EVOLUCIONADO:

- Amen a sus enemigos, hagan bien a los que los odien, bendigan a los que los maldigan, rueguen por los que los difamen.

- Sean compasivos como su Padre es compasivo. No juzguen, y no serán juzgados, no condenen, y no serán condenados, perdonen, y serán perdonados."

-¿Cómo es que miras la brizna que hay en el ojo de tu hermano, y no reparas en la viga que hay en tu propio ojo? ¿Cómo puedes decir a tu hermano: "Hermano, deja que saque la brizna que hay en tu ojo", no viendo tú mismo la viga que hay en el tuyo? Hipócrita, saca primero la viga de tu ojo, y entonces podrás ver para sacar la brizna del ojo de tu hermano.

-Si tu hermano peca, repréndele, y si se arrepiente, perdónale. Y si peca contra ti siete veces al día, y siete veces se vuelve a ti diciendo: "Me arrepiento", le perdonarás.

- Los sanos no tienen necesidad de médico, sino los enfermos. No he venido a llamar a justos, sino a pecadores. Así es esta obra, pues justo es aquel capaz de ver y reconocer la verdad, por tanto es un ser sano, pecador es todo aquel que se aferra al fanatismo, sea ideológico o religioso, estos están enfermos porque sus ojos se han cegado y se dejan arrastrar al abismo que los falsos profetas y mercaderes les venden, asesinando así su mas sagrado derecho natural, el libre albedrío que conduce a la luz y la libertad.

- El Hijo del hombre ha venido a buscar y salvar lo que estaba perdido. ¿Qué ha estado perdido, por milenios? La realidad de que los mortales fueron creados con propósitos superiores, y esto nos trae al hecho de que en el génesis se habla de la caída del hombre y su expulsión del paraíso al tomar consciencia de su realidad como ser superior, obvio que esto es una metáfora que apunta a que el simio parlante al descubrir sus dotes pensantes se enfusco en el ego y se olvido de equiparar y hacer evolucionar ese privilegio llamado conocimiento conogsitivo. La capacidad de tener ideas y crear, pero su ego lo desvío a las tendencias del egoísmo y el dominio del hombre por el hombre. Esta cualidad de ser un ente pensante es lo que define y revela el secreto de las misteriosas palabras: "Y el hombre fue hecho a imagen y semejanza."

- Yo te bendigo, Padre, Señor del Cielo y de la tierra, porque has ocultado estas cosas a sabios e inteligentes, y se las has revelado a pequeños. Sí, Padre, pues tal ha sido tu beneplácito. Todo me ha sido entregado por mi Padre, y nadie conoce bien al Hijo sino el Padre, ni al Padre le conoce bien nadie sino el Hijo, y aquel a quien el Hijo se lo quiera revelar. Sin olvidar el significado oculto de las palabras Padre y Dios, ósea el cósmico y esa energía invisible que influye en todas las cosas que fueron, son y serán, en esta clave se observa tacita y claramente que los conocimientos que impulsaran la evolución consciente de los mortales y los elevara a rangos de seres superiores, es para todo aquel dispuesto a romper con todo lo preconcebido y las costumbres que siembran la cizaña de los estereotipos culturales y sociales que mantienen a los mortales intoxicados con falsas ideas generacionales. ¿serás tu que posees esta obra uno de los seres elegidos para que estas cosas se te den y revelen?

- No temas, pequeño rebaño, porque a su Padre le ha parecido bien darles a ustedes el Reino. Vendan sus bienes y den limosna. Háganse bolsas que no se deterioran, un tesoro inagotable en los cielos, donde no llega el ladrón ni la polilla, porque donde esté su tesoro, ahí también estará su corazón. Estas palabras que no son para tomarse de forma literal, significan que las riquezas entre los mortales deben de ser equitativas, el ente adinero que sabe compartir su fortuna con el que menos tiene, siempre se sentirá bien consigo mismo, liberándolo del afán de no perder su fortuna, puede, dependiendo de sus tesoros materiales, adoptar a un humilde que no tenga nada o ha varias familias, dándoles educación, medios de trabajos y su primera pequeña fortuna, ser un mentor, en silencio y sin que nadie sepa de sus actos para que sea sincero y no un acto mediático de hipocresía, la única condición para quienes sean escogidos es que ellos han de hacer igual por otros, creando una gran cadena de prosperidad en todos los rincones de la esfera azul, este acto libera la mente y la prosperidad permite crear tiempo para dedicarlo a las practicas que conducen que la psiquis humana se desarrolle, tanto individual como colectivamente. Un tesoro que abriría la vía de conocimientos superiores que nadie podría robar, develando los maravillosos secretos que los grandes místicos o llamados santos en todas las religiones humanas alcanzaron a ver y realizar.

- El que no está conmigo, está contra mí, y el que no recoge conmigo, desparrama. Definición concreta de que uno de los pasos para que los mortales puedan alcanzar un estado superior de consciencia que transforme lo arcaico por lo vanguardista, es siguiendo un estilo nuevo de pensamiento y ordenamiento interno del ser y el ego, es así que se logra la emulación de aquellos que ya han evolucionado y que através de la historia de los humanos en las distintas filosofías, religiones y corrientes ideológicas han ido dejando pequeñas señales para ser unidas en el tiempo y por los mortales correctos, de manera que la vida sea un mecanismo de provecho trascendente en todos los sentidos para el individuo.

- Deja que los muertos entierren a sus muertos, tú vete a anunciar el Reino de Dios. Una realidad superior a los conceptos humanos es que el objetivo de la vida en cualquiera de sus manifestaciones es alimentar la muerte, hecho difícil de comprender por el simio parlante, la vida esta dentro de la existencia, la existencia esta dentro de lo eterno, algo parecido a la formula Pi, por tanto es lógico que la muerte, sin importar la forma en que la vida termine para cualquier creatura, es un aspecto natural, así que solo los muertos pueden enterrar a los muertos e incluso sufrir por aquello que es inevitable, cuando en si la muerte es un cambio de estado, un ser evolucionado puede dejar a su voluntad su parte física y regresar a esta cuando lo desee, es por eso que dentro de estas metáforas encontramos expresiones de que al bajar el reino de los cielos, ya la muerte no será, habla sobre la resurrección y la promesa de vida eterna, todo a cumplirse según el determinismo de los mortales a superar su estado primitivo. E irse ha anunciar el reino de los cielos, si ya comprendiste el significado de la palabra, implica que ayudes a otros de forma voluntaria y sin lucros ah alcanzar su evolución.

- Yo veía a Satanás caer del cielo como un rayo. Cuando los habitantes de la esfera azul, comprendan todas estas cosas y sus ojos sean abiertos todas las cosas que han envenenado a la humanidad desde que el simio parlantes se percato de que era capaz de crear ideas y pensamientos ordenados aunque primitivos y bajo una gruesa capa de emociones y volitivismo, toda cuestión negativa desaparecerá, Satanás es una forma de hacer alusión a las cuestiones negativas.

- Si alguno quiere venir en pos de mi, niéguese a sí mismo, tome su cruz, y sígame. Porque quien quiera salvar su vida la perderá, pero quien pierda su vida por mí, la encontrará. Pues, ¿de qué le servirá al hombre ganar el mundo entero, si pierde su alma? ¿Qué puede dar el hombre a cambio de su alma? Porque el Hijo del Hombre ha de venir en la gloria del Padre, con sus ángeles, y entonces pagará a cada uno según su conducta. La renuncia a las malas costumbres de la mente e ideas, el someter la mente a voluntad y no que los impulsos e instintos guíen a el mortal, alma es pensamiento, de hecho la ciencia común a los hombres dicen que el alma se aloja en el cerebro. Por tanto para alcanzar los niveles elevados y equiparados a los de un ser superior requiere dejar de lado el individualismo egoísta y crear conjuntos de voluntades con el mismo fin de evolucionar, sin lideres o jerarcas, dirigiendo todo esfuerzo a los fines de ver y encontrar lo que ahora no es visible.

- El que ama a su padre o a su madre más que a mí, no es digno de mí; el que ama a su hijo o a su hija más que a mí, no es digno de mí. El que no toma su cruz y me sigue detrás, no es digno de mí. El que encuentre su vida, la perderá, y el que pierda su vida por mí, la encontrará. Esta clave dentro de los códigos secretos es fundamental para los llamados a ser los reconstructores. A el ser común y todo el resto de los mortales, aun cuando en su ignorancia se creen y ven así mismos como diferentes, requiere grandes esfuerzos y sacrificios para renunciar a las cuestiones inducidas en el comportamiento humano lo que es necesario para lograr la transformación en la evolución humana, esto explica la inconformidad de ricos y pobres en todas sus cosas, y si bien existen quienes disimulan esto muy bien, no dejan de tener grandes vacíos en sus consciencias, todo atado a las emociones, cuando el mortal supere sus fallas emotivas, se habrá superado así mismo, esto es lo que significan las palabras de que perderán sus vidas y que en la emulación de nuestro personaje en sus acciones encontrara vida, pues el esplendor de todas las maravillas de los universos y planos se les pone al frente, y ese es el camino y el secreto a la vida eterna.

- Luchen por entrar por la puerta estrecha, porque les digo que muchos pretenderán entrar, y no podrán. La puerta estrecha es la que requiere de una gran determinación por develar lo que esta dentro del ser mortal y que lo vincula con todo lo existente, el estudio, la practica, los experimentos y todo lo que conduce a sentir como la consciencia se expande y el ser se vincula de forma directa a otras dimensiones mas allá de la imaginación humana. La puerta ancha es la de aquellos que buscan alcanzar este estado siguiendo todo tipo de influencias, corrientes y religiones, para terminar en la obsesión, la decepción o peor aun, perder toda posibilidad de creer que la vía existe.

- ¡Oh generación incrédula! ¿Hasta cuándo estaré con ustedes? ¿Hasta cuándo habré de soportarlos? ¡Qué es eso de "si puedes"! ¡Todo es posible para el que cree. Estos códigos derogan toda idea preconcebida y existente sobre el proclamo de la fe de las religiones comunes a los mortales, que la mal traducen como un acto de creer sin ver, aceptar lo que dicen los proxenetas de la fe por una naturaleza divina que empíricamente no se puede probar, es una verdad sólida lo que establecen estas palabras que dentro del radio de las capacidades humanas quienes erradican las palabras, tal vez, quizás, si se puede e imposible de su mente, ideas y pensamientos, abren la brecha hacia las fuerzas reprimidas de la mente humana, porque creer es tener confianza en si mismo, nada que ver con el vacío de la palabra fe, sin importar lo que se desee o quiera lograr, siempre y cuando estas cosas sean para bienestar, por cuanto quien utiliza este conocimiento para hacer mal, se convierte en victima de si mismo y la energía negativa que genera su propio cerebro. ¿Entonces que hace mas sentido dentro de lo racional, una fe ciega o una convicción sólida de que nuestros pensamientos se eslabonan a una energía y fuerzas mayor?

- Guárdense de los escribas, que gustan pasear con amplio ropaje y quieren ser saludados en las plazas, ocupar los primeros asientos en las sinagogas y los primeros puestos en los banquetes, y que devoran la hacienda de las viudas so capa de largas oraciones. Ésos tendrán una sentencia más rigurosa. Esta es una advertencia contundente a todo culto de los terrícolas que por milenios han explotado la inocencia y defalco evolutivo de los habitantes del planeta tierra, sea pues que abran sus ojos, oídos y mentes y vean mas allá de las gringotas y vendas impuestas por aquellos que con palabras adornadas les han guiado por el camino equivocado.

- Pidan y se les dará, busquen y encontrarán, llamen y se les abrirá. Porque todo el que pide, recibe; el que busca, encuentra, y al que llama, se le abrirá. ¿Qué padre hay entre ustedes que si su hijo le pide un pez, en lugar de un pez le da una culebra; o, si le pide un huevo, le da un escorpión? Si, pues, ustedes, siendo malos, saben dar cosas buenas a sus hijos, ¡cuánto más el Padre del cielo dará el Espíritu Santo a los que se lo pidan! Referencia a lo antes dicho sobre esa energía que todo lo influye, pero es algo que se tiene que pedir y desear, buscar y hurgar en los niveles psíquicos y a para quienes logren el total control de sus rasgos emocionales primitivos y pensamientos retrógrados, se le abrirá la puerta de aquello que no es para todos, sino para los que tienen el temple, el valor y reconocen su autonomía como entes materiales dentro de los cuales se guarda un destello de la gran energía cósmica.

- Miren que no los engañe nadie. Porque vendrán muchos usurpando mi nombre y diciendo: "Yo soy el Cristo [el Mesías] y engañarán ha muchos.

Aunque esta fue y es una estrategia de proteger sus intereses políticos los que escribieron mas de tres siglos después de la supuesta crucifixión de el personaje mítico recogieron a priori un numero de axiomas que por si son las directrices de estos tiempos oscuros que vive la civilización humana, en esta obra y en base a este versículo se le deja a los mortales una señal mas de todos los engaños que sufriría en nombre de la invención de un personaje heroico y fundamento de contradicción frente a la religión hebrea. Estas cosas que lees es el camino y la vida, puedes de forma alegórica ver aquí el gran espíritu, a todos los profetas y si lo puedes intuir a el mismo Jesucristo que haya existido o no, ya es un arquetipo que aporta mucho para elevar a los mortales al reino de los cielos.

- Vengan, benditos de mi Padre, hereden el Reino preparado para ustedes desde la Creación del mundo. Porque tuve hambre, y me dieron de comer, tuve sed, y me dieron de beber, era forastero, y me acogieron, estaba desnudo, y me vistieron, en la cárcel, y vinieron a verme. En verdad les digo que cuanto hicieron a uno de estos hermanos míos más pequeños, a mí me lo hicieron. Apártense de mí, malditos, al fuego eterno, preparado para el diablo y sus ángeles. Porque tuve hambre, y no me dieron de comer, tuve sed, y no me dieron de beber, era forastero, y no me acogieron, estaba desnudo, y no me vistieron, enfermo y en la cárcel, y no me visitaron. En verdad les digo, que cuanto dejaron de hacer con uno de estos más pequeños, también conmigo dejaron de hacerlo. E irán estos a un castigo eterno, y los justos, a la vida eterna. Establece que el que desee dejar de ser un simple simio parlante y parte de la gran masa convulsionada, se tiene que aparta de todo egoísmo y prejuicios, matar el egocentrismo.

- A ustedes no les toca conocer el tiempo y el momento, que ha fijado el Padre con su autoridad, sino que recibirán la fuerza del Espíritu Santo, que vendrá sobre ustedes, y serán mis testigos en Jerusalén, en toda Judea y Samaria, y hasta los confines de la tierra. Razón para que esta obra sea escrita y llegue a todas partes de su planeta, pues según las semillas que fueron esparcidas en tierras fértiles y darán el buen fruto, muchas caerán en lo árido y sobre las piedras y no germinaran.

- Al vencedor le daré a comer del árbol de la vida, que está en el Paraíso de Dios. Los vencedores son aquellos que por encima de cualquier estigma que traten las sociedades de imponerles, seguirán el camino del llamado de los reconstructores, y comprenderán los secretos de la vida dentro de la existencia que es lo que la hace eterna, no como una promesa sino ya con conocimiento pleno de esta.

- El vencedor no sufrirá daño de la muerte segunda. La segunda muerte es aquella que se sufre al morir y la consciencia de ser desaparece, para el evolucionado, aun cuando su cuerpo cese funciones biológicas mantendrá consciencia de si mismo, pudiendo ser manifiesto de forma tangible en este mundo y otros, y pasar a distintos planos y dimensiones de forma libre, por esto en la historia del mítico personaje se habla de una resurrección y de una ascensión física. Estas cosas me consta de propia experiencia y conocimiento, para que quede claro y establecido, soy muy vigilante con cualquier cosa que me pueda de manera alguna sugestionar.

- Al vencedor le daré maná escondido; y le daré también una piedrecita blanca, y, grabado en la piedrecita, un nombre nuevo, que nadie conoce, sino el que lo recibe. Para esta revelación has de estar preparado (a) aunque en unos años la curiosidad de los mortales y a la que les ha dado con llamar ciencias, colaborara esto. La piedrecita no es otra cosa que la glándula pineal, esta glándula es la responsable de proyectar hacia el mundo exterior las capacidades extrasensoriales en conjunto con todo el lobulo frontar del cerebro complementando la fisura de silvio el proceso de ser receptor y transmisor. Lo del nombre el secreto, implica que una vez un mortal alcanzara la evolución consciente entraría en contacto directo con su ser interno que obviamente tiene un nombre muy diferente a el que se le da a el cuerpo al nacer en este plano.

- Al vencedor, el que se mantenga fiel a mis obras hasta el fin, le daré poder sobre las naciones, las regirá con cetro de hierro, como se quebrantan las piezas de arcilla. Yo también lo he recibido de mi Padre. Y le daré el Lucero del alba. Esta obra esta destinada a la transformación de la sociedad y los estilos de vida en la esfera azul, y los mortales ya sin individualismo serán uno y todo estigma y defecto social desaparecerá.

- El vencedor será así revestido de blancas vestiduras, y no borraré su nombre del libro de la vida, sino que me declararé por él delante de mi Padre y de sus ángeles. Quien logra la evolución consciente de la psiquis es como un ser resplandeciente, no se toma la vestidura blanca de forma literal es un simbolismo y lógico que esto lo acerca mas a sentir y ser parte de esa energía que todo lo influye. Sobre que son los ángeles la obra lo expone su realidad mas adelante.

- Al vencedor le pondré de columna en el santuario de mi Dios, y no saldrá fuera ya más; y grabaré en él el nombre de mi Dios, y el nombre de la ciudad de mi Dios, la nueva Jerusalén, que baja del cielo enviada por mi Dios, y mi nombre nuevo. Reafirma todo lo anteriormente delineado y prepara tu mente para cuando llegue la parte en que recibirás una de las verdades mas profundas.

- Mira que estoy a la puerta y llamo; si alguno oye mi voz y me abre la puerta, entraré en su casa y cenaré con él y él conmigo. Al vencedor le concederé sentarse conmigo en mi trono, como yo también vencí y me senté con mi Padre en su trono. Si abres tu mente podrás ver y entender claramente que todo apunta a la existencia de un lugar físico fuera del planeta que habitas ahora, te indica también que si perseveras en el desarrollo de tu potencial psíquico, tal y como se dice en una de las metáforas; "Con la seguridad y confianza del tamaño de una semilla de mostaza harían todos los milagros y aun mas de los que se le atribuyen a nuestro personaje, serias como un dios."

- Mira, vengo pronto y traigo mi recompensa conmigo para dar a cada uno según su trabajo. Yo soy el Alfa y la Omega, el Primero y el Último, el Principio y el Fin. Dichosos los que laven sus vestiduras, así podrán disponer del árbol de la Vida, y entrarán por las puertas en la Ciudad. ¡Fuera los perros, los hechiceros, los impuros, los asesinos, los idólatras, y todo el que ame y practique la mentira! Yo, Jesús, he enviado a mi Ángel para daros testimonio de lo referente a las iglesias. Yo soy el Retoño y el descendiente de David, el

Lucero radiante del alba. Tienes en tus manos y ante tus ojos el milenario presagio de que el fin del mundo llegaría, no es cuestión de Apocalipsis, como se explicara antes, sino de un gran cambio en el estado salvaje actual de los mortales, la naturaleza y el propio estancamiento psíquico de los simios parlantes serán los responsables de la merma en la sobre población para que se pueda dar el recomienzo y reconstrucción en donde todo concepto arcaico habrá desaparecido. El significado de lavarse las vestiduras, se refiere en forma de clave a todos los procesos de evolución que se menciona en esta obra.

- No temas, soy yo, el Primero y el Último, el que vive, estuve muerto, pero ahora estoy vivo por los siglos de los siglos, y tengo las llaves de la Muerte y del Hades. Se refiere a esta obra, ya sentirás la energía contigo si eres un ser digno para ser parte de ese maravilloso cambio que sufrirán los mortales, las llaves de la muerte aluce a la caída de los árboles secos y desgastados de palabras vacías y a la muerte del viejo ser humano con complejo de inteligencia y al surgir de la nueva era. Fijaos como se utiliza la palabra hades y no infierno, El hades es parte de la cosmología mitológica de los romanos y otras culturas, es una forma sutil de decirte que el infierno con que te amenazan es una paila de excremento verbal que los proxenetas de la fe utilizan para asustar a los débiles mentales. Es inmaterial la citación de libros y versículos porque todas estas cosas están en Mateo, Marcos, Lucas, Juan y en el llamado Apocalipsis. Es por tanto y cuanto que quien negare estas cosas ante los mortales en defensa de los pequeños imperios de la fe, se estaría negando así mismo y sus predicas.

En la antigua Alejandría hubo una gran dama conocida como Hypatia, hija de Teon, un filosofo de la epoca. Hypatia con gran avidez por el conocimiento se intereso por la literatura, ciencias, particularmente la astronomia, física, entre otras disciplinas e incluso instituyo una escuela a la que acudían aprendices y filosofos de los mas lejanos lugares de toda la región. Por mucho sus conocimientos sobre pasaron los de muchos teoricos de su tiempo y de epocas previas como la de platón y Plotino. Fue la primera mortal que teorizo sobre la inercia y la ley de la gravedad, aparte de que estaba convencida de que la tierra giraba alrededor del sol y esto provocaba las cuatro estaciones del año, perfecciono el astrolabio para estudiar la bóveda celeste, invento el densímetro, amante del algebra y la geometría. Lo importante de mencionar a esta mujer que vivió entre el 355 y 416, es que los cristianos la hicieron la gran mártir de la ciencias, los nombres de los parias que la asesinaron no deben de ser ni mencionados, luego de someterla a la humillación publica fue apaleada y lapidada hasta descuartizar y desfigurar su cuerpo. ¿Su crimen? Ser mujer, atreverse a enfrentar a los hombres de forma abierta en las reuniones de los consejos y tener mas argumentos irrefutables que cualquier hombre, así que ese grupo de simios parlantes retrógrados decidió que una mujer no tenia derecho ha ser parte del consejo y menos a opinar, los cristianos decidieron declararla una hereje y una amenaza a la frágil estabilidad política que se había logrado entre judíos y cristianos. Estas son las raíces de la llamada religión del príncipe de la paz, que a fuerza de sangre y genocidio se impusieron. Pienza y analiza, investiga en la historia y ve por propios ojos lo maquiavélico en el trasfondo de quienes dicen practicar el amor cristiano. Encontraras tantas barbaries que sentirás ira, pero no te hagas un mal juicio que te conduzca a sentimientos negativos, solo regocíjate en encontrar una gran verdad para que tu mente se expanda. Si el vaticano debe de nombrar una legitima y real santa debería de ser a Hypatia, victima de la ignorancia y el engaño, aparte de una disculpa publica de forma póstuma. Por esta razón es que la mujer es un ser venerable, y cualquier clase de marginación y desigualdad un acto que demuestra la cobardía del genero masculino, que carajo de culpa se le tenia que echar de la perdida de Adam a Eva, una metáfora machista para estigmatizar aun mas a la mujer. En honor a esta mujer vilmente asesinada hace tantos siglos el alcanzar un estado de evolución consciente de la psiquis debe de conocerse como HYPATICO, pues Hypatia no solo era dada a la profunda reflexión, la razón, y la lógica, sino que su capacidad intelectual trascendió su época, no desperdiciaba su precioso privilegio pensante en trivialidades o asuntos banales, sino que lo potencialiso y aprovecho a el maximo.

Otro asunto que merodea constantemente las mentes de billones de seres mortales es el asunto de la existencia de los ángeles y su contraparte los demonios. Es algo que debe de ser explicado para que esta obra cumpla su cometido y las profecías todas se conjuguen en una sola dirección, elevar a los mortales a su sitial en los universos, planos y dimensiones a los que desde el principio de los tiempos pertenece y para lo cual fue creado. Espero que comprendas que si al citar algún libro o versículo bíblico me equivoco, la razón obvia es que leí completas varias versiones de las biblias entre los doce y quince años de edad, la hebrea con la ayuda de un rabino, una versión de 1909 y la Reina Valera de 1960.

Ángel La palabra española es de una sub del latin "angelux" raiz latina derivada del griego anegelos, cuyo significado es 'mensajero'. La palabra hebrea más parecida es mal'ach, que tiene el mismo significado. En el libro sagrado de los hebreos se usa también para tres definiciones; (abbir- 'poderoso' Salmos 78:25) (Elohim- 'forma de plural para la palabra dios' según algunos estudiosos. Salmos 8:5) (shin'an- aparece en el Salmos 68:17).

En hebreo la palabra Betel significa lugar o casa de dios, Samaria es la cuna de esta ciudad cananea, que se ubicaba al noroeste de Ai, y al norte de Jerusalén, esta ciudad de Betel es la mas nombrada en la biblia hebrea o su libro sagrado.

Abraham cuando llego por primera vez a Betel según El Génesis 12:8, 13:3. Construyo allí un altar. Estas palabras tienen un significado especial en esta obra, es parte de la vía de comprensión de la gran verdad, el código esta oculto en el relato de la visión de Jacob en Génesis 28:10-19, en donde vio una escalera que ascendía hasta el cielo, por donde subían y bajaban ángeles. Por esta razón Jacob tuvo miedo, y dijo: "¡Cuán terrible es este lugar! No es otra cosa que casa de Dios, y puerta del cielo". y llamó Betel al lugar que era conocido como Liz (Génesis 35-15). ¿Qué sentido tiene que un mortal venerador de un dios sienta temor ante la manifestación de su deidad, no seria esto un privilegio?

En la metáfora de la lucha de Jacob con un ángel (Génesis y Oseas) cuando va de regreso a Canaán es descrito como un ángel, un dios o un hombre. Distintas versiones de un mismo suceso o mito implica que tiene un mensaje de apoyo con propósito definido. Al no poder vencer a Jacob, el ángel tocó la cadera de Jacob, que quedó descoyuntada. A pesar de ello Jacob no acepta dejar de luchar si el ángel no le bendecía. Al informarse del nombre de Jacob, el ángel se lo cambió por el de Israel porque has luchado con Dios y con los hombres, y has vencido ("Israel" significa "lucha con Dios"). El ángel no dijo su nombre, a pesar de que Jacob se lo preguntó.

En honor al hecho, Jacob puso al lugar de la lucha el nombre Penuel o Peniel ("el rostro de Dios). En esta historia la mente abierta y racional puede encontrar por si misma claves y analizar el relato, de forma de que la conclusión sea empírica o llegue de forma intuitiva y a priori. Estas entidades llamadas ángeles por millones, siempre han estado pululando sobre la faz de la tierra, son seres de una inteligencia cien veces mayor que la de los mortales, pertenecen a una dimensión paralela a la materia y su esencia es pura energía, capaces de manipular la materia, tiempo y espacio de este plano, es por esta razón que en cada cultura y época se habla de ellos llamándoles de diferentes formas, contrario a lo que expresan algunas corrientes, no sienten envidia por la raza humana, sino mas bien compasión e intervienen en casos de necesidades de algunos mortales, pues si un mortal es sacado de este plano fuera de el tiempo definido dentro del andamiaje del caos cósmico, se produciría una paradoja ondulatoria que desbalansearia el plano de estos seres creandoles un desorden en su habitat o para decirlo en palabras mas comprensibles para la mente humana, se provocaría un corto circuito dimensional en su estado energético. Estos seres suelen tomar formas de cosas vivas, desde una planta hasta la apariencia de un humano. O se le puede manifestar a un mortal de acuerdo con la idealización de un ángel de este. Quizás estas cosas no te hacen sentido en este momento, pero te aseguro que muy dentro de ti, sin importar tu grado de educación o creencias sentirás estas verdades.

Al hablar de ángeles es obvio que no se pueden relegar los llamados demonios, palabra derivada del griego (daimon) parte de todo folclore desde las cavernas, se diría que fueron los primeros arquetipos creados por los mortales através de los chamanes de las mas primitivas culturas, aunque no eran llamados demonios, era un supuesto espíritu terrorífico que estos médicos brujos inventaban para crear control sobre las tribus e influenciar sobre los jefes de las mismas. Lo interesante es que la palabra griega daimon es neutral y no contenía ningún sentido negativo para los griegos, contrario a como posteriormente se le da un giro a la palabra para relacionarlo con una criatura del reino espiritual de carácter malévolo, lo que sucede en el koiné helenístico y nuevo testamento griego, algo irónico porque la palabra demonio paso a ser en esos momentos de la historia de los mortales la simple definición de un ser espiritual. Es decir que un mito fundamentado en ideas elementales de los humanos viene a competir con seres reales dimensionales como lo ya explicado sobre los ángeles. En la tradiciónes abrahamicas, las religiones del oriente y luego en la época medieval la demonología cristiana, se define a un demonio como una criatura impura con el poder de poseer a un ser humano de forma demoníaca, e incluso desarrollan los rituales del exorcismo. La imaginación de los hombres va mas allá. En una rara mezcla carismática se conjugan, la magia renacentista, un junte de ideas mágicas greco romanas, las tradiciones cristianas y la demonológica hebrea, crean dentro del ocultismo rituales para supuestamente conjurar, someter y controlar a estos seres que en muchos casos fueron expulsados del cielo o ángeles caídos según la tradición, cuestión que debe de vincularse a la historia del rey David en el libro sagrado de los hebreos, en donde a este se le otorga el poder de someter a los demonios para que construyera el templo de Jerusalén, poderes que da en herencia posteriormente a su hijo Salomón, historia que solo apunta a que los mortales son capaces de alcanzar grandes habilidades psíquicas y como se ha dicho, conectarse con la gran energía que todo lo influye, es una clave dentro de los códigos secretos y ocultos en el libro hebreo, utilizando la metáfora y un lenguaje comprensible para las mentalidades de esa época. Todo se interrelaciona con la mitología griega en donde eran seres humanos denominados demonios que se ocupaban de llevar a los pueblos las malas noticias por encargo de los dioses del Olimpo, por otra parte también se dice que eran los mensajeros entre los dioses, así que eran demonios considerados ángeles por su cercanía a los dioses y que no se dejaban ver por los hombres por su pureza. Entre los filósofos griegos, como platón discípulo de Sócrates, los demonios eran una fuente para sacar conocimientos y guiaban a los mortales, en la apología de Sócrates, según Platón, el hombre siempre es acompañado por un daimon, implicando que los hombres tienen una parte negativa en su carácter que volitivamente es el impulso de los actos de maldad por falta de reflexión y auto control. Posteriormente la primitiva religión judeo cristiana transforma la palabra en demonios, para crear una jerarquía y legiones a su nuevo Satanás, invirtiendo las características de la mitología griega y ajustando la filología para fortalecer su engranaje socio político en base al mito del Jesucristo y sus aventuras como mesías. Es decir que los llamados demonios no son otra cosa que una conyuntura o union de distintas vertientes e ideas de diferentes culturas. Es de igual forma que nace Satanás, de la costumbre hebrea de liberar un cabro una vez al año para que se llevara según ellos todos los pecados del pueblo judío, conocido como el chivo expiatorio, de ahí que se acostumbra a describir a Satanás como un ser con cara de cabro y pezuñas, idea adaptada por los cristianos para definir el supuesto enemigo de el Nazareno y responsable de toda maldad de los terrícolas, tentador y responsable de castigar a los que no se sometan a las ideas del nuevo testamento y sus cultos, de las formas mas crueles y sádicas, una especie de guión de película de terror, para asustar a los incautos e ignorantes. Todo este atosigamiento de ideas de un Satanás y un infierno es responsables de los trastornos y desordenes mentales llamados posesiones demoníacas, cuando no son un trastorno psiquiátrico o psicológico, es dado que millones de personas son susceptibles de forma inconciente a la gran energía y esta se amolda a las ondas alfas del celebro, de manera que cualquiera que se obsesione con las ideas de demonios o posesiones demoníacas se vera influenciado por la gran energía, lo cual demuestra que si es posible la evolución consciente y la transformación de la psiquis humana para sintonizarla con energías mayores atravéz de la armonización con estas, es por esto que los científicos han encontrado que las oraciones de los creyentes pueden ejercer influencia sobre las condiciones de salud, dado que bajo este proceso, las personas suelen desconectarse de las ideas y realidad inmediata lo que da paso a que la gran energía interactúe con las ondas celebrares del mortal y puede ejercer una influencia positiva que afecte una realidad inmediata.

En esta misma línea están las famosas apariciones marianas de la iglesia católica, Las llamadas "apariciones" o manifestaciones de la Virgen María son fenómenos que aparentemente suceden a lo largo de la historia de la Iglesia. La Iglesia católica ha reconocido muy pocas, y aún éstas son consideradas "revelaciones privadas", dejando a los fieles en libertad de creer en ellas o no. La Virgen del Pilar, advocación de la Virgen María, aparecida en el año 40 en Zaragoza, España. La primera es la de la Virgen del Pilar al Apóstol Santiago en Zaragoza, en torno al año 40 d. C. Luego aparece la Virgen del Monte Carmelo manifestada a San Simón Stock. En la Edad Media aparece en Puy. Aproximadamente en 1392 se aparece bajo la advocación de Virgen de la Candelaria a dos pastores en Canarias, España. En 1481, se aparece en la isla de Gran Canaria bajo la advocación del Pino. En el siglo XVI la aparición a Juan

Diego en México bajo el nombre de Guadalupe. En Guanare, Venezuela, el 8 de septiembre de 1652 se registra la aparición de la Virgen María al Cacique de los Cospes, el indio Coromoto y a su mujer, diciéndole en su propia lengua: "Vayan a casa de los blancos y pídanles que les eche el agua en la cabeza para poder ir al cielo". En 1950 el Papa Pío XII declaró esta aparición mariana bajo la advocación de "Virgen de Coromoto" como Patrona de Venezuela, en 1996 el Papa Juan Pablo II la coronó en su visita al Santuario mariano en Guanare y el Papa Benedicto XVI elevó en 2006 al Santuario Nacional de Nuestra Señora de Coromoto a la categoría de Basílica Menor. La llamada Virgen del Huerto se le apareció al joven Sebastian descalzo (en la mitad del siglo del 1700). En el siglo XIX aparece en La Salette a los pastores Melanie Calvat y Maximin Giraud (1846); en Lourdes (1858) a Santa Bernadette Soubirous; y en el siglo XX aparece en Fátima (1917) a los pastorcitos Lucía dos Santos, Francisco y Jacinta Marto; entre 1941 y 1988 se le apareció a Felisa Sistiaga en Umbe y entre 1961 y 1965 a cuatro niñas en Garabandal (ambas apariciones en territorio de España, si bien no cuentan con aprobación oficial de la Iglesia) entre el 27 de mayo y el 4 de junio de 1945 se apareció a dos niñas en La Codosera, Badajoz en un paraje llamado Chandavila; el 13 de julio de 1945 se le apareció a Pierina Gilli en Montichiari y Fontanelle, Italia, llamándose María Rosa Mística; y en 1999 se le apareció como Nuestra Señora de la Bondad en el Algarve, Portugal. Otro ejemplo lo encontramos con las apariciones de Nuestra Señora de Me ugorje en la región de la ex-Yugoslavia, en el pueblo de Medjugorje en Bosnia y Herzegovina, si bien todavía no cuentan con una aprobación oficial de la Iglesia. Desde el 24 de junio de 1981, seis niños aseguraron que se les apareció en diversas ocasiones la Virgen (o como ellos la llaman en su lengua "Gospa") de manera frecuente. Prácticamente cada santuario mariano tiene como origen una revelación o un fenómeno extraordinario vinculado a la Virgen María. La actitud de la Iglesia católica ante estos fenómenos ha variado según el caso, desde la aceptación, luego de un proceso de investigación y análisis intenso, hasta el rechazo. Muchas apariciones, especialmente sucedidas en el siglo XX, no cuentan aún con un dictamen formal. Benedicto XV fijó las normas a seguir para estudiar estos casos, en los que participa también la ciencia.

La praxis de los favorecidos con las mariofanías, incluidos fundadores de órdenes religiosas, ha sido el secretismo de las supuestas comunicaciones de María, por temor al malentendido y miedo a que la obra de fundación se viera perjudicada. Este afán de mantener en silencio los fenómenos para no perjudicar su imperio la iglesia católica, demuestran que tales manifestaciones son mensajes de seres superiores de otros mundos, esta verdad destruiría todas las mentiras de la mayor corporación de la fe del mundo y la mas económicamente poderosa en base al sometimiento de sus reglas a los feligreses, particularmente entre los que están en desventaja económica y pobre educación, si se observa, las apariciones, es precisamente ha estos que se les manifiestan. Sobre los mensajes la iglesia los mantiene ocultos a los ojos públicos porque no seria fácil aceptar su propia hipocresía, esconden que muchos lideres de esta organización conocidos como Papas al leer estos mensajes han sufridos crisis nerviosas, de fe e incluso algunos han enfermado y dos murieron al leerlos. ¿Pregúntate que puede expresar un mensaje dejado por una aparición mariana, capaz de causar este efecto en estos mortales con complejo de hombres santos? Si eres uno de los reconstructores elegidos date a investigar, encontraras que durante estas apariciones marianas existen de forma paralela la aparición de objetos en los cielos e incluso si buscas en el arte que describe estas experiencias, veras que de forma subliminal el artista deja un objeto volador entre la pintura u obra. En el libro que me mostrara el hombre de negro estaban todas estas cosas escritas, y sin palabras lo cual me dejo sentir, como si me hablase dentro de mi cerebro; (He reflexionado mucho toda mi vida sobre esa comunicación a lo largo de mi vida, buscando que influencia externa o psicológica pudo haber provocado el que se me dijeran y no he encontrado una razón en particular, solo se que estas cosas se me ofrecieron y que se hace necesario el revelarlas todas, en estos mensajes expresados en este libro, para que los llamados a ser parte de la transformación ampliaran su visión de la realidad que se esconde de lo aparente y la mentira.

Por cuanto se me ha encomendado esta carga desde los siete años de edad y se me mostró un gran libro que contiene mil veces mas conocimientos de los que revela esta obra y cada elegido si es digno encontrara a través de estas cosas aquí expresadas, esos conocimientos por si mismo a causa de su psiquis evolucionada. El Torah, la biblia original hebrea, es un libro de códigos ocultos, los cuales espero que para cuando salga este libro al publico ya hayan descifrado y colaboren todo lo expuesto. La idea de un solo dios tomada de la decisión de un faraón y adaptada por los lideres nómadas hebreos para unificar las tribus, ellos mismo reconocerán que tal dios no existe y que contrario a lo que las traducciones dicen sobre que el hombre fue creado por un ser omnipotente, según el Génesis, en realidad dentro de los códigos dice de forma clara y contundente; "Y FUERON LOS HOMBRES DEPOSITADOS POR LOS DIOSES SOBRE LA SUPERFICIE DE ESTE MUNDO." La trascendencia de estas palabras, cambia toda realidad humana y creencias, para quienes la chispa de la verdad esta atado a su ser interno, desde el principio de los tiempos. Esto sobre pone en toda la raza terrícola una gran responsabilidad, al principios, solo fuimos una especie de cultivo microbiano como el que se hace de orina o sangre en un laboratorio medico, al ser el tiempo y espacio algo de múltiples dimensiones y frecuencias vibratorias dentro de una espiral que se expande por todos los universos, los millones de años que tomo el cultivo para ser llevado al siguiente nivel de experimentación, para los creadores pudieron ser cuestión de días o meses en su dimensión, pero millones de años en la curva de tiempo de la esfera azul. De manera que al regresar encontraron que una especie humanoide subdividida en distintas especies y rasgos, unos mas evolucionados, otros menos, tenían que continuar con el experimento, que ya para entonces seria un proyecto de observación directa y ajustes, En los que se desarrollaron en la parte geográfica de África, eran fuertes y físicamente mas resistentes en un planeta que evolucionaba de forma hostil, encontraron que la cadena genética entre las distintas especies se compartía, aunque algunas estaban un poco rezagados y eran mas violentas y tenían menos potencial de desarrollo intelectual que las demás razas humanoides o simias primitivas, estos fueron descartados, en cuanto a la raza de donde surgen los chinos, encontraron que sus cerebro era un tanto mas reducido y por ende mas eficiente, así que antes de impulsar la civilización egipcia los Sumerios, responsables de guiar a la especie emergente educaron y guiaron a los chinos y orientales, es por esta razón que durante milenios china y Japón se mantuvieron herméticos y cerrados al mundo fuera de sus territorios. Paralela a la civilización egipcia, establecen la ciudad de Ur. De donde tienen la raíz todos los hebreos, unos dos mil años mas tarde que las de china y Japón es que comienzan estas civilizaciones. Cuando millones de años antes el planeta sufre grandes cambios y los continentes se separan, parte de estas razas escapando de las catástrofes de ajustes naturales, se mezclan al cruzarse unas con otras en sus nómadas vidas, estas mezclas crean a lo que se conoce como los nativos de todas las Américas, que adoptaron todos los conocimientos sobre la naturaleza y reconocen aun en esta era la presencia de los dioses, algo que la invasión de los blancos en menos de seis siglos han casi destruido, pero en todas las tribus en los continentes americanos los que quedan de aquellos que fueron, guardan sus tradiciones y en muchos petrográficos se encuentra grabados que hacen alusión a los dioses. Y escrito esta que aquellos que hicieron sufrir a los mas puros, pagaran con gran dolor hasta su ultima descendencia. Pero la raza humanoide al darse cuenta que era capaz de tener destellos pensantes se volvió arrogante y violenta y comenzó a conquistar y destruir otros cimientos establecidos, surgió la esclavitud y explotación, se formaron ejércitos y utilizaron muchos de sus conocimientos para que la guerra naciera sobre la faz de la tierra de los mortales sobre los mortales, vimos estas cosas y decidimos no destruir la raza humana y en los últimos cuarenta mil años en tiempo común de los mortales los hemos observado para darle oportunidad de evolucionar por si mismos, pero aun persisten por la violencia y el materialismo, se conforman y aupan con pequeños avances de las ciencias que no contribuyen a que los mortales se equiparen con razas evolucionadas de los universos y conformar parte de la sociedad cosmica, así es pues que por cuarenta milenios hemos observado a los salvajes de este planeta y sufrido al ver como destruyen el mundo que se les dio para cuidar y proteger en donde evolucionar. Ese es el significado del ojo de horus, el ojo que observa desde las nubes en grabados de místicos y simbología religiosa e incluso en la moneda de la nación del águila que aparece sobre una pirámide, esta simbología lo explica todo. En otra parte del gran libro dice y sentencia que aquellos que al posar sus ojos sobre esta obra, duden o la negare, serán dolorosamente castigados, por su propia ignorancia. En el código encontraran asuntos del pasado, presente y el futuro de la humanidad, esta obra es la llave a un nuevo horizonte y ultima advertencia, no es profética y como se aclaro antes, tampoco apocalíptica, es un llamado a la evolucion voluntaria del potencial de la capacidad pensante que esta ahora asentada en simios parlantes. Observa la hipocresía occidental; Cualquier crimen "atroz" en contra de un infante en la regiones del nuevo mundo, es todo una convulsión social llena de lamentos y días de propaganda mediática, un banquete para los buitres que se ocupan de llevar malas noticias por los medios, estos buitres exprimen el incidente hasta solo dejar un esqueleto sin piel ni entrañas, promueven la violencia creando héroes de aquellos que cometen un asesinato o varios, adoran la violencia, la muerte, el caos y el morbo, se alimentan y viven del sufrimiento y dolor de otros, en aras de la libertad de prensa y de informar a el publico, es así que quien es llevado frente a sanedrín de hombres, ya es reo de muerte antes del juicio. El único pecado de un hombre es la ignorancia, la ignorancia madre de toda maldad de los hombres contra los hombres. Y cuidasen de todo aquel que es fanático de cualquier religión y/o ideología, pues su avaricia y maldad puede ser mayor que la de un usurero y su falsa santidad en la enajenación de creer que son mejores que los demás mortales, porque siguen un mito y claman a un dios que ya tu sabes que en realidad no existe. ¿Qué importa si de cualquier forma accidental o premeditada por mano de la bestia humana muere un infante o diez mil en cualquier nación de lo que se conocerá como las Américas? Grandes lamentos y llantos, pero ni aun así voltean sus ojos a los millones de infantes que cada minuto mueren de hambre y enfermedades en la cuna de la raza humana y las tierras de los humildes, comerán como cerdos y desperdiciaran en un día las proteínas que alimentarían a los hambrientos por una semana, desperdiciaran en artículos y artefactos para las bestias llamadas mascotas, correrán como manada de simios en celo detrás de los artefactos de embelezo tecnológico, las apariencias sociales y el poder con la moneda será mas importante que cualquier otro asunto, aunque tengan que abandonar a sus propios hijos, así que su propia vanidad e hipocresía, sus pretensiones, arrogancia, orgullos y pasiones hundirá a sus descendientes, pues dicho será: "Los errores de los padres, los pagaran los hijos." De cierto que serán la generación de víboras. Que oscuridad mayor que dar al criminal confeso la oportunidad de continuar sobre la faz de la tierra, que derechos puede tener a la vida quien quita otra, que el árbol que da malos frutos sea echado al fuego, sean destruidas todas las maquinas que lanzan fuego y metal y cualquiera que construyese una, sea sentenciado a ser exterminado, el ladrón pierda sus manos y echado a pozo sin fondo, sea llevado ante sanedrín aquel que conociendo de un crimen guardare silencio pues es tan culpable como el acusado y sufra su misma suerte, así sea con la descendencia del criminal para que sus semilla no se esparza, quede prohibido so pena de que su lengua sea cortada de el que practique la mentiras, que la riqueza de cada mortal sea limitada a un tope especifico y quien violare ese limite se le arrebate aun lo que no tenga. A los salvajes estas cosas les parecerán bárbaras, no porque lo sean, sino por temor a tener que cumplir con las cuestiones que enderezaran los caminos de una raza primitiva y ser uno de los ajusticiados.

Miles de los mensajes que están en ese código deberán de ser descubiertos por los reconstructores según vayan evolucionando de generación en generación, hasta que el simio parlante haya dejado de existir sobre la faz de la esfera azul y ya el uso de la palabra no sea necesaria para la comunicación, no existan ejércitos, ni fronteras, la sobre población haya cesado, la verdad sea ley sagrada, la libertad plena y quien desee caminar desnudo sea respetado así como quienes deseen vestirse con tunica, los sentimentalismos e impulsos primitivos sean sometidos por la mente y no a la inversa, deberán los gobernantes y reyes convertir la organización llamada la unión de las naciones o naciones unidas en un gobierno único mundial, y desarrollar institutos para el desarrollo de las capacidades psíquicas de la raza humana, educación que deberá de comenzar desde el vientre materno y continuar en todos los organismos de educación de todos los niveles. Liberar y separar la sexualidad de los sentimentalismos y eliminar todo tabú, pero erradicar el trafico de esclavos sexuales y castigar severamente a cualquiera que sexualmente tome por las fuerzas a un mortal menor de 84 meses de edad, no así a quienes tengan consciencia de lo que hacen y lo deseen, la libertad es uniforme sin edad, como lo son las grandes verdades:

1- Los hombres fueron creados por una raza (s) o de seres de otro (s) mundo (s) y desde el principio han estado entre nosotros, deberán los gobiernos y las religiones mas poderosas decir la verdad.
2- Una de las verdades inmutables es que lo único continuo en las dimensiones y planos incluyendo la esfera azul, es la constante del cambio que simbólicamente se puede representar con una espiral.
3- La vida eterna es una realidad, todo es energía manifiesta en distintas formas.
4- La raza humana será exterminada en su totalidad, si no se acoge a esta ultima oportunidad.

Los siguientes puntos son para comenzar el camino en la vía de la auto transformación:

A)-   El pensamiento debe de ser sometido a la voluntad de el ente, descartando toda idea improductiva.

B)-   Las ideas deben de surgir de la reflexión profunda y el análisis.

C)-   Todo impulso negativo de la mente ha de ser refrenado.

D)-   Toda emoción y sentimiento que ofusque en menor o mayor grado el pensamiento deberá de erradicarse de la mente.

E)-   La lógica y la razón predominaran sobre las acciones.

F)-   El uso de la palabra será mesurado, limitado a responder de forma simple si se les requiere hablar o responder alguna pregunta, fundamentándose en las premisas anteriores.

G)-   Serán guardianes de sus ideas y pensamientos en cada momento, aun cuando estén dormidos.

H)-   Eliminaran toda fantasía que sus mentes produzcan.

I)-   Sanar el cerebro consiste del auto análisis constante, existen pasiones y emociones aprendidas de forma generacional y alimentadas por la cultura y la sociedad, fenómeno producido por los que están psíquicamente influenciados por el veneno mediático. Se deberá desaparecer del andamiaje interior del subsconciente, la ira, el egoismo, la envidia, la vanidad, rencor, odios, avaricias, gula, orgullo, pretensiones y todo aquello que contenga raíces primitivas y que se alojan en el ego, siendo una de las mas toxicas la venganza.

J)-   Se considerara un crimen en contra de la humanidad cualquier pensamiento o acto de violencia, sea individual o colectivo, las armas de cualquier clase se eliminaran de la faz de la tierra y los conflictos bélicos quedaran erradicados.

K)-   Se considerara un delito el discrimen por cualquier motivo, sea racial, o por preferencias sexuales, estilo de vida, clase social o trabajo.

L)-   Se utilizara el sanedrín solamente en aquellas situaciones que involucren asesinatos, agresiones, hurtos y estafas, con la debida evidencia y testigos en contra o ha favor de los imputados, un panel de tres jueces escucharan los testimonios y determinaran la culpabilidad o inocencia de los acusados, pero el castigo o compensación lo determinaran los perjudicados, según la medida del agravio. A petición de quienes pierdan un miembro de su familia en un asesinato que no sea por causa justa o defensa propia, los familiares de la victima podrán pedir la pena capital, y si no hubiese un miembro consanguíneo de la victima en la sección del sanedrín, serán los tres jueces los que decidirán si la pena capital se aplicara o no, bastara con uno solo a favor de tal pena para que la misma sea ejecutada en un termino de treinta días. Toda sentencia será inapelable. Esto es así por cuanto a los mortales se les ha otorgado el don del pensamiento ordenado y por ende antes de cualquier acción es capaz de examinar las consecuencias.

M)- Todo ciudadano tendrá el deber de aportar un mínimo de cuatro horas diarias de labor a favor de la sociedad, sea remunerado o no, la pereza queda totalmente prohibida.

N)- Toda riqueza y salarios serán equitativos sin importar la labor que se realice, todo individuo tendrá un mismo tope de riquezas el cual podrá mantener en el mismo nivel, pero no aumentar en cantidad, el gobierno universal del planeta será responsable por resguardar esta ley y asegurarse de que cada ciudadano del planeta tenga una vida digna y sin carencia alguna.

O)- El forzar a un menor de 84 meses de edad a sostener relaciones sexuales en contra de su voluntad o a cualquier otra entidad humana sin importar la edad será castigado con la castración quirúrgica, ya sea que quien cometa tal delito sea femenino o masculino, en el caso de la fémina se le extirparan los órganos internos, el clítoris y se le cocerá la entrada vaginal de forma permanente, al igual que su ano y se le realizara una colostomía, si fuese del genero masculino el agresor, aparte de extirparle sus genitales se le cerrara de igual forma el ano.

La libertad de cada individuo para vivir su existencia física de forma plena y como desee, será respetada tanto por el gobierno como por el resto de los ciudadanos, aquel que deseara caminar desnudo pues que así lo haga, no existirán diferencias entre masculinos y femeninos, ambos tendrán igualdad de libertad y derechos, el matrimonio quedara abolido, aunque una pareja podrá decidir si establece un contrato legal que dicte las reglas de su convivencia juntos, la poligamia, y cualquier tipo de unión de individuos sea heterosexual, homosexual, bisexual o mixta no será condenada ni juzgada, pues cada ser mortal tiene el pleno derecho de expresar amor por el prójimo dentro de su propia naturaleza, nadie se sentirá obligado a estar con otra persona cuando ya no lo desee, y si hubiese violencia por parte de cualquier miembro en una relación, será causa para comparecer ante sanedrín, los hijos serán cuidados por sus progenitores pero resguardados por la sociedad en pleno en contra de cualquier abuso físico o psicológico y estos serán educados de forma que sus talentos florezcan y de acuerdo a estos, pero el enfoque mayor deberá de ser en su desarrollo en la capacidad pensante y psíquica. Se eliminaran los estigmas en contra de las damas y caballeros que se dediquen al sexo servicio, siempre y cuando estos paguen un impuesto fijo a el estado y cada ciclo de treinta días se sometan a exámenes médicos y los presenten a la oficina que se ocupara de otorgar la licencia. Ningún menor de 84 meses será sometido a el contacto sexual, esto será causal de castigo para quien ose tener este contacto con tal pueril.

La neurociencia y neuroquímica se enfocaran en crear sistemas de estímulos tanto mecánicos como químicos que desarrollen las capacidades psíquicas de los mortales desde el vientre materno, aunque es obvio que primero será en individuos ya nacidos, dirigidos a desarrollar la capacidad pensante y de intelecto y las supras habilidades, tales como la telepatia, telequinesis, y todo tipo de capacidad extrasensorial, las áreas para estimular como base son, la glándula pineal, la fisura de Silvio lado derecho del cerebro de los mortales y el lóbulo frontal justo en el punto que se encuentra frente a la nariz y entre los ojos. Una medida importante en este proceso es desarrollar una droga que pueda suprimir las habilidades que desarrollaran los individuos como medida de precaución en caso de que cualquier mortal quisiese utilizar estas capacidades en contra de otros entes o del colectivo. Se deberá por causa de los atrasos evolutivos comenzar estas cosas con el entrenamiento de los individuos, en esta obra encontraras varios ejercicios que te ayudaran a tomar el camino de la nueva senda, la senda de los dioses.

A parte de sentimientos y emociones, terribles males primitivos que en muchas ocasiones llevan al error y la equivocación, existen otras palabras que los mortales que deseen alcanzar una evolución en este ciclo de vida deberán de omitir de pensamientos y acciones, recuerden mortales, que en esta obra no solo se les ofrece profundas verdades, sino que es un llamado a ser reconstructores pioneros en la transformación y evolución de toda su raza. Quienes piensen que estas cosas son irrelevantes, las niegue o se escandalice, no debe de ser reprochado, pues es su libre albedrío y determinación y eso siempre se respetara, ya los que se resistan y no comprendan se arrepentirán cuando entre multitud estén solos, tu si eres de los elegidos, no trates de convencer a nadie de estas cosas, esta obra es tu pasaje al mundo de los dioses, a convertirte en uno de ellos, mas bien siente compasión por ellos pues son victimas de su propia ignorancia, esta obra es para ti y tu uso exclusivo aun cuando cada miembro de tu familia, amistades y conocidos tenga una, este asunto es entre tu, la obra y los dioses, porque la verdad no se tiene que proclamar a los cuatro vientos y alta voz, tu eres la verdad y el comienzo, como se dijera antes, la semilla que ha de dar el buen fruto. Por existir asuntos que van mas allá de tu capacidad mental actual y no se mencionan en esta obra, debes de concentrarte en tu propia evolución, porque tu eres parte de un todo y todo es parte de ti, pero estos misterios los ira encontrando a medida que tu propia evolución avance. Los mortales sustituyen gran parte de su limitado intelecto a los sentimientos y emociones, el terrícola promedio, se aferra a desear ser amado y amar, a sentir auto lastima, en todo manifiesta un sentimiento o una emoción. ¿Cuánta energía psíquica se desperdicia en estas acciones, que en su mayoría son producto del egoismo y los caprichos? Frente a la terminación de un ciclo de vida, la llamada pena y tristeza se apoderan de los individuos relacionados con la ahora materia inerte, en ocasiones por años están lamentándose por el cadáver independientemente de las circunstancias en que se de tal suceso, por eso el mítico personaje de Jesucristo, supuestamente dijo; "Dejad que lo muertos entierren a sus muertos." Nadie en absoluto termina su ciclo de vida en este plano de forma arbitraria o innecesaria, la energía que influye en todo arregla las cosas según le convenga a el universo inmediato de los mortales, un cuerpo sin vida es pura energía, nada mas, y si es necesario que esa chispa de energía sirva o complemente cualquier otra cosa en el planeta, el universo o dimensión, es utilizada, no llores o lamentes por quienes sufren el trance de salir de este denso plano material, sencillamente déjalo ir en paz en su nuevo viaje, otra costumbre errónea es el desperdicio de tierra para enterrar un cuerpo sin vida, que el fuego lo haga polvo y sus cenizas descansen en la tierra y allí siembra un árbol, y hazlo si es posible el mismo día en que deja su cuerpo físico y no permitas que tu mente se queda atada a quien ya se marcho, pues si has logrado cierto grado de evolución psíquica podrás conectarte con esa chispa cuando lo desees, pero una mente ofuscada por lo que ustedes llaman pena se entorpece y bloquea. Uno de los misterios sobre la muerte es que la vida es su alimento y comienzas a morir físicamente desde que entras a este mundo, la vida es limitada y pasajera, pero la muerte es eterna, la ajustadora de energías. Con este conocimiento, la detención del ciclo de vida de cualquier ente no te afectara jamás, pues conoces y sabes sobre su dinámica y propósitos, así que los lamentos se hacen innecesarios. Otro factor emocional son las cosas filiares, particular las relaciones de padres e hijos. Los progenitores tienen la idea fija de que sus hijos son una propiedad. No obstante la verdad es simple, se le dio la capacidad a los mortales de reproducirse através del coito para mantener un continium de la raza, no para sobre poblar la tierra, los deberes de los encargados de perpetuar los mortales sobre la faz de la esfera azul, es educarlos en las habilidades pensantes desde antes de salir del útero de la incubadora humana y hasta los 84 meses de edad que deberá de continuar en los organismos de educación, enfocarlos en dirección a utilizar mas su poder mental en conjunto con sus capacidades motoras, mostrarles la realidad de las cosas y dejarles saber que siempre que sea de forma positiva pueden utilizar su mente para realizar cualquier cosa e influir sobre la materia, tiempo y espacio, que pueden a través del control de sus psiquis conocer otros mundos, planos y dimensiones, que el miedo y el temor son responsables del error y la ignorancia, a respetar toda la naturaleza y comprender que es un ente individual que es parte de un gran conjunto conocido como humanidad que es una sola unidad y sus actos deberán siempre ir a favor de este conjunto y de acuerdo a el bien común y evolución de los ciudadanos del mundo, sin dejar de ser una unidad, ser parte de todos. Recuerden que son custodios de un ente por el tiempo predesignado, por tanto al cumplirse ese termino, volverá a ser una chispa de energía, por tanto y si ese ente nacido de útero humano deja su cuerpo físico, no existen razones para lamentos, el impulso maternal fue necesario hace miles de años, pero ahora es obsoleto y debe de ser controlado por el genero femenino de los mortales, no solo contener la reproducción, sino establecer un balance en la población mundial que mantenga el numero de habitantes sobre el planeta en una tercera parte de lo que es ahora, esto se hará necesario y será implantado por sentido común, pues cada día los recursos de alimentos y agua serán menos, es la única vía para alcanzar la igualdad y lo equitativo para los mortales. Los fetos y criaturas nacidas con defectos que los harán improductivos para la sociedad se erradicaran en el momento en que esto sea certificado, ya sea desde el útero materno o al nacer. El apego de los progenitores a los entes que se les da en custodia por la gran energía es contrario a su deber de educar y guiar hacia el gran cambio evolutivo, los mortales no reconocen que aun cuando son infantes son seres completos e inteligentes, de manera que si se les educa desde que están en útero humano para que así se comporten, sobrepasaran en el proceso de evolución a sus padres.

Para aquellos que manejan la escuadra y el compás y diseñan estructuras, planifiquen construir ciudades subterráneas, la idea esta en algún lugar entre los mortales, solo es cuestión de desarrollarla, en este proyecto deberán de estar unidos todos los sectores de la sociedad mundial, estas ciudades estarán a una profundidad de unos ciento cuarenta y cuatro pies bajo la superficie de la tierra, sobre el terreno que estará encima de las ciudades solo existirán árboles de todo tipo, es decir que cada nuevo bosque será en su subsuelo una región habitada por ciudadanos del mundo, sin fronteras, los bosques podrán ser disfrutado libremente, pero bajo ninguna circunstancia se deberá de construir nada en ellos o sus perímetros. Todo el material de ciudades que ahora se encuentran en la superficie al ser demolidas, sus escombros deberán de ser reciclados y reutilizados para construir los cimientos y paredes de las nuevas ciudades, el cimiento, paredes y techo que protegerán estas ciudades deberán de tener no menos de nueve metros de espesor en concreto y acero, tanto la basura como los desperdicios biológicos del cuerpo humano se utilizaran para producir energía limpia en las ciudades, para lo cual ya existirán las tecnologías, todo vehiculo será movido por energía eléctrica, se diseñaran hogares de alta funcionalidad y comodidad, pero austeros en sus contenidos, ninguna de las residencias deberá de ser mas lujosa que otra, las calles cada 50 pasos tendrán un jardín de plantas de interiores, y las superficies en donde no existan bosques sobre ciudades deberán de ser sembradas de toda clase de árbol que de y produzca alimentos, las ciudades mantendrán un estricto régimen de limpieza en todas sus áreas incluyendo los lugares habitados. Todo edificio tendrá una altura de cinco pisos, existirá una entrada principal y varias de emergencia y un gran respiradero de tres metros de ancho y cuatro de alto que será la única estructura que podrá encontrarse entre los bosques de la superficie tipo tubular que permitirá que el oxigeno exterior entre, pero no el agua de lluvias o inundaciones.

El mortal que haya leído estas cosas y sea un ser tocado directamente por la energía que todo lo influye, por intuición del ser interno sabrá que dentro de lo que puede parecer incoherente y hasta bárbaro subyacen grandes verdades cuyos fragmentos estaban dispersos en distintas épocas y corrientes filosóficas, algunas les parecerán repeticiones, otras extravagantes, pero todo cambio requiere de un retroceso para tomar un nuevo impulso en dirección diferente, mas cuando se trata de entidades que por su poca capacidad intelectual primitiva se resistirá a los cambios radicales y a las realidades ocultas cuando estas salen a la luz. Esta obra no tiene el objetivo y no deberá de ser objeto de formar nuevos cultos, si decides abrazar alguna cuestión, que sea desde tu templo interior dirigido a superar todas tus capacidades psíquicas que te igualaran con los dioses y te permitirá armonizarte con la gran energía y por tanto utilizarla a tu criterio, no obstante jamás para causar ningún mal a ser viviente alguno o al planeta.

No tienes que tomar una actitud santurrona, solo debes de estar auto consciente de tu propia realidad y de que eres parte de algo superior, pero que no te sobre pone por encima de nadie, sino al servicio de la humanidad y su futuro. Eres semilla que dará buen fruto, luz en la oscuridad y timón del barco de la humanidad que va a la deriva en su decadencia y zombilisacion tecnologica. Como se dijera antes los terrícolas no están preparados metabolitamente ni a nivel neurológico para comprender y practicar determinadas técnicas de niveles superiores, por eso en las generaciones del siglo XX y las nacidas antes de esta obra o el 21 de diciembre de 2012 del siglo XXI, seran reacias a aceptar y comprender que esta obra es el cumplimiento de toda profecía, el Apocalipsis y la bajada del reino de los cielos a la tierra. Cualquier organización que en nombre de sus dioses o creencias, desee despojarte de tus bienes y que incite a el menos precio de otros mortales, o peor aun a la violencia por ideología o creencias, de ningún provecho te sirve, piensa que solo terrícolas involucionados cometen actos de violencia, atacan a otros por avaricia, desacuerdos religiosos o políticos, cualquier forma de agresividad es parte de la cola del simio parlante. Si dentro de ti sabes que tu eres de los elegidos para la buena siembra, sigue estas guías que expandirán tus pensamientos y capacidades psíquicas.

ADVERTENCIA:

Si eres un mortal con tendencias de autosugestión, influenciable, si sufres de algún trastorno psicológico o estas bajo tratamiento psiquiátrico o tomas medicamentos para alguna condición mental, antes de leer estas directrices consulta a tu profesional de la salud.

I- Tus pensamientos e ideas han de asimilar la convicción de que perteneces y eres parte de una fuerza y energía mayor y superior.

II- Confía en ese vinculo con la gran energía.

III- Recuerda en todo momento que aun la roca y el hierro en su sólidas apariencias son en realidad maleable, es decir la fuerza de la gran energía se manifiesta con tal poder y velocidad vibratoria sobre estos que los hace sentir como elementos sólidos e inertes.

IV- Tu como ente influenciado por la gran energía, puedes transformar lo sólido en blando y viceversa, pues todo es parte de una misma fuente. Siendo esta premisa una realidad, entonces tienes la capacidad de transformar y transmutar lo que desees. Esta ley bajo la que se someten todas las cosas en todo universo, plano y dimensión, es la causa de que tanto a nivel individual como colectivo, en los rituales de los mortales a sus dioses inventados y fuerzas, provoquen en el cien por cien de las veces que se den los llamados milagros o prodigios, recuerda que tu chispa de la (G/E) (gran energía) aun cuando no estés consciente del proceso, se ata a esta y se moldea a tus pensamientos e ideas que brotan de tu cerebro, es por esto que los mortales que deseen lograr su auto evolución consciente han de ser vigilantes y controlar en cada momento la dirección que toman sus pensamientos, desvíalos de toda idea infrutefera, aprende de forma perfecta las tecnicas de retrospección, reflexion, y meditacion.

V- Los mortales han de practicar los siguientes estados mentales y emocionales como su forma integra de personalidad: paciencia, ser un pacificador, practicar la austeridad, aborrecer la gula, amar por sobre todas las cosas la verdad y la justicia, sean discretos en todos momento, amen el silencio, pues allí encontraran grandes tesoros, eviten cualquier tipo de controversia, respeten las cuestiones del estado, mas aun cuando los mortales establezcan un gobierno universal y un mundo sin fronteras.

VII- Utilizaran el sentido común constantemente, sean sumamente objetivos, analíticos y prácticos en sus acciones.

VIII-Encuentren sus fallas de carácter y personalidad y luchen contra ellas hasta eliminarlas de sus sistema emocional. Egoísmos, orgullos, vanidades, envidias, avaricias, arrogancia, hipocresías, odios, y todo aquello que pueda ir en contra de tu propia evolución. Un simio parlante primitivo no podrá autodeterminar que tiene estas fallas y la negación será su excusa, es tu decisión el purificar tu capacidad pensante o no.

IX- No intervengan con los estilos de vida de los demás, no condenen, no juzguen, acepten a cada mortal, aun cuando este aferrado a ser un simio parlante como es, se tolerante con todo y todos.

X- No poseas bienes materiales mas allá de los que te sean necesarios, eviten ser arrastrados por el consumerismo que hunde a la humanidad en la miseria.

XI- Que nada ni nadie te quite tu individualidad y libertad, la que se alcanza al comprender que eres parte de todo lo existente y que cada cosa viviente esta unida por un vinculo que brota de la (G/E) Todos los elementos existentes como analogía los podemos comparar con la luces de ornamento que en la época que los terrícolas llaman natividad y en la que supuestamente nació el mítico Jesucristo, estas luces brillan y parpadean a diferentes ritmo como ornamento de la época, pero todas están conectadas a una misma fuente de energía, una cadena perfecta de luz y colores, parecida a los colores que produce la música si los mortales estuviesen lo suficientemente desarrollados para ver las sutilezas que les rodean.

No tomes todo lo antes descrito porque esta en esta obra predestinada a llegar a tus manos, has un profundo acto de reflexion sobre cada aspecto y determina por mente propia su valides. Porque aquellos mortales que caminan sobre la tierra creyendo que están vivos cuando en realidad están muertos, no podrán entender estas cosas y sus ojos serán vendados y pensamientos confundidos para que no comprendan lo que no les corresponde entender. Se te entregara ahora determinados ejercicios y experimentos que te guiaran a sentir tu propio poder como parte de la (G/E), es requisito la disciplina y seguirlos paso a paso y su practica diaria en cada instante. Comencemos por hacerte utilizar tu capacidad pensante de forma correcta, la (G/E) para cuando esta obra salga a la luz ya habrá influenciado muchos elementos de su mundo y sociedades actuales, desde los medios de comunicación hasta las grandes corporaciones tendrán el impulso de aportar algo positivo a las sociedades, y en aras de buscar una mejor calidad de vida para la humanidad, esto lo habrás observado a tu alrededor y sentirás grandes cambios sociales, tanto negativos como positivos, pero estas cosas serán solo el comienzo de la gran transformación.

DESINTOXICACIÓN DEL PENSAMIENTO Y FORMA CORRECTA DE PENSAR:

Fe, creencia, conocimientos, inteligencia, sabiduría, lógica y confianza, sus parámetros lingüísticos e influencias sobre las ideas humanas son determinantes en este proceso, no ha sido casualidad que en esta obra se cometan algunos errores gramaticales, se dicto así para que los mortales desvinculen su poder pensante de la habilidad de poderse comunicar verbalmente, que es un rasgo primitivo que por las próximas generaciones será necesario aun, pero que ira desapareciendo según la evolución avance. La palabra fe es una conocida por todo mortal, a pesar de ser una palabra de clasificación platónica es predominante en las ideas humanas en particular en las cuestiones de creencias religiosas, su propósito es convencer a el mortal comun de que si posee este elemento intangible puede ser agraciado cuando tiene una necesidad, para que acepten ideas que no se pueden probar de forma empírica o tangibles, sirve como opiáceo para los necesitados en momentos difíciles, el concepto quizas sea util en una sociedad primitiva que se mantiene en el oscurantismo a pesar de sus pequeños avances en las ciencias y tecnologias, pero un pensamiento esclarecido descarta este termino por su ambigüedad, pues nada que se menciona en base a la fe tiene un sentido real o logico. Las creencias es otra palabra que permea en las mentes comunes, se cree en fantasmas, en lo que los medios de comunicación exponen, en las propagandas publicitarias, en las cosas que los demás dicen y se escuchan, supersticiones, ideologías, reglas adversas a la naturaleza de los mortales; Ej. Los mortales tienen que andar vestidos con telas y ropas, las féminas de la raza humana son mas débiles que su contra parte masculina, por tanto el terrícola promedio se guía por creencias que usualmente se le implantan por sus primitivos progenitores que desde muy temprano le cortan la capacidad de pensar por si mismos, cuando la regla deberá de ser enseñarles a pensar con raciocinio, lo cual lo dirigiría al desarrollo de una mente clara de pensamientos e ideas. Los mortales conocen por impulso natural de ver, escuchar y otros sentidos fisiológicos, pero este conocer se convierte en un limitante al cerrar las posibilidades que se sustraen del potencial del cerebro de desarrollar nuevas habilidades, al observar a un no vidente o un sordo, verán que el primero desarrolla un sentido sumamente agudo del olfato, oído y tacto, el segundo desarrolla un alto grado intuitivo y gran habilidad sensible a las vibraciones que provocan los movimientos de objetos, animales y otros entes, intuiciones que balancean su carencia de ver y oír. Esto establece claramente que el cerebro no solo puede ser guiado y/o obligado a desarrollar sus capacidades sino a adaptarse a las mismas, de modo que el conocer es un elemento simple y básico, un instrumento para elevar la psiquis humana, pero para esto deberán depender menos de los sentidos simples y enfocarse mas en la sensibilidad de la habilidad de las ondas alfas del cerebro para captar otras sensaciones de visión mas allá de los conocimientos que aportan los cinco sentidos arraigados a la parte primitiva de los hombres. La inteligencia para los habitantes humanoides de la esfera azul es un concepto mal interpretado, la inteligencia como tal es una sub energia que tiene consciencia de si misma, por tanto el conocer nada tiene que ver con esta, sino que se subordina a esta energia secundaria. La inteligencia es un fenómeno ajustador como los es la (G/E) al azar escoge de tiempo en tiempo a individuos que influye mas que a otros, los llamados súper dotados a nivel intelectual, pero esta energía con ejercicios periferiales puede ser alcanzada por cualquier mortal, esta es la razón que desde las religiones, gobiernos y las corporaciones que controlan las masas para vender sus productos, mantienen al desconocimiento como base de sus andamiajes. De hecho si las masas de los simios parlantes supiera el noventa y nueve por cien de todo lo que toda organización de todo tipo oculta, se acabarían todos los sistemas políticos, religiones y consumerismos. La combinación de conocimientos y curiosidad es lo que terrícolas se les ha llamado con nombrar inteligencia, este fenómeno de energía es transportado por los billones de neutrinos que atraviesan el planeta constantemente y no incide solamente sobre el celebro humano, sino que también la capacidad del planeta en sus funciones naturales. Todos estos elementos bien aplicados pueden conducir a tener una noción de lo que es la sabiduría, palabra muy trillada pero que ningún mortal jamás ha conocido en su real esencia, suceso atado solo al desarrollo psíquico, intelectual y evolutivo, largo camino que comienza con la aplicación de la lógica, no en términos aritméticos, sino de formas de pensamientos; Ejemplos: Los mortales pueden pensar, por tanto tener ideas organizadas, solamente el control del pensamiento puede traer ideas ordenadas y puras. Toda acción positiva individual y colectiva ha de ser un consenso incluyente y equitativo, por tanto nadie es mas ni menos valorizado como ente viviente. Todos son uno, uno son todos, de manera que el uno protege a el todos y el todos a el uno. Las emociones y sentimientos que surgen de un solo individuo es egoísmo, el único sentimiento positivo es el que se siente por todos en igual medida, la única emoción fundamental es la que nace del pensamiento claro y centrado, descartar cualquier idea innecesaria o improductiva que pueda conducir a las acciones primitivas de violencia o sensación de superioridad sobre los otros seres mortales, el arrepentimiento esta antes que la acción, luego de esta el arrepentimiento es vano pues solo sobre vienen las consecuencias, antes de aceptar un axioma, idea o conclusión, el análisis profundos de todas las posibilidades es lo que ha de regir. Si se desea ser libre a plenitud, se deberá respetar la libertad de todos.

EJERCICIOS PARA POTENCIALIZAR EL PODER PSÍQUICO:

1- Controla tus pensamientos e ideas de forma consciente, no permitas que estos divaguen y surjan libremente.

2- Rechaza cada día lo que te impulse a tener sensaciones egoístas, violentas, envidias, orgullos o prejuicios, recuerda que son parte de la (G/E) que tu conviertes en aspectos negativos.

3- Practica el auto control de impulsos y palabras.

4- No sientas aferros de ninguna clase, sean emocionales, sentimentales o por cosas materiales.

5- Practica ver mas allá de las ilusiones materiales, cuando veas por ejemplo un árbol imagina como se desarrollo desde que su semilla cayo a la tierra hasta que dio fruto, visualiza cada proceso etapa por etapa como si fuera una película proyectada en tu mente, practica esto con todo a tu alrededor, incluyendo el cuerpo humano de otros mortales, imagina como se desarrollo en el vientre materno, nació, fue creciendo, sus tejidos epidérmicos, musculares, como circula la sangre por su cuerpo y órganos internos hasta poder visualizar sus esqueleto.

6- Enfoca tu mente en percibir la gran energía que todo lo influye, en cada piedra, en cada criatura, en toda materia, siente como fluye dentro de ti y se expande a todo, dedica unos quince minutos diarios a esta practica.

7- vive cada ciclo de 24 horas de forma ordenada y disciplinada, divídela en periodos específicos, ocho horas de sueño o las que sean necesarias para tu metabolismo, pero nunca mas de ocho, ocho de trabajo sea remunerado o voluntario, cuatro de practicas para desarrollar tu psiquis e impulsar tu propia evolución consciente, cuatro de ocio o entretenimiento.

8- Controla miedos y temores en su totalidad, sin importar a lo que te enfrentes mantén tu mente tranquila. Todo miedo y temor proviene de la ignorancia, impedimento este para tu evolución dado que en el proceso de tu evolución veras y sentirás cosas extrañas y hermosas, pero también tendrás visiones de elementos terroríficos y experiencias muy profundas del subsconciente que incluso te pueden hacer ver y sentir otros planos y dimensiones, y comunicarte con seres mas evolucionados que tu, algunos son agradables, otros pueden ser hostiles, pero no te podrán hacer daño, solo tu te puedes auto perjudicar si no has sometido tus miedos y temores.

9- No tengas fe ni creas en la posibilidad de que existe la (G/E), has de tener plena seguridad y confianza en ella, y conociendo que esta presente en todas las cosas, todas las cosas se subordinan a ti.

10- Observación, silencio y discreción, guiaran tus pasos día a día.

EXPERIMENTOS PARA DESARROLLAR LA CHISPA DE LA (G/E):

NOTA: Si ya has puesto en practica todos los diez ejercicios anteriores, el suficiente tiempo para haberlos comprendido bien, pasaras a la fase de los experimentos, no debes intentar realizarlos todos en unos días, toma uno a uno y cuando hayas dominado a la perfección el primero, pasa al segundo, no antes, pues tratar de acelerara el proceso solo te guiara a el fracaso de todos, no importa cuanto tiempo te tome dominar uno para pasar al siguiente, la paciencia, y practica te traerán grandes recompensas al final del ultimo experimento, no corras, solo camina por la vía que los dioses te han trazado desde el principio de los tiempos. Este es tu templo y tu santum, te compete solo a ti y nadie mas, no trates de proyectarte como un ser privilegiado ante los simios parlantes, pues estarias siendo menos que ellos, tu discreción en tus logros, tu trabajo solitario y determinación a alcanzar el objetivo final te competen exclusivamente a ti. Si no deseas continuar con la gran obra, no destruyas este libro, regalo a alguien que tu sepas que tiene el potencial, no crees grupos de estudios y menos aun cultos alrededor de estas cosas, pues recuerda siempre que se dice que alguien dijo; "muchos serán los llamados y pocos los escogidos." Hasta que la humanidad no se transforme y todos se encaminen por el mismo interés, los ejércitos, las armas de todo tipo, las fronteras y la desigualdad hayan desaparecido, los evolucionados no habrán triunfado y el reino de los cielos no bajara a la tierra, pues para esto deberá de existir primero un solo mundo sin divisiones de fronteras, un solo lenguaje mental y un solo gobierno elegido cada dos años que velara porque ningún tipo de injusticia sea presente.

1- Cada día antes de dormir tomate unos minutos y repasa todas tus acciones desde que despertaste hasta que volviste a descansar sin dejar un detalle, al principio será un poco difícil, pero según practiques podrás repasar todo tu día en minutos, esto te ayudara en dos cosas, primero: A mejorar enormemente tu memoria y segundo: Podrás analizar en que cometiste errores o te equivocaste, así podrás evitar el cometer un mismo error dos veces y pulirás tu personalidad y carácter.

2- Cada mañana al ducharte practica tomar tres respiraciones profundas y dejar salir el aire lentamente en cada una, cierra los ojos y trata de ducharte sin abrirlos, observa mentalmente lo que estas haciendo, como ver sin mirar excepto con la visión interior. Esto lo puedes practicar en cualquier momento que te duches.

3- Sea lo que sea que vayas a realizar y/o hacer primero visualízate haciéndolo, ya sea caminar o comer, escribir, en fin cualquier acción que vayas a tomar, como si observaras tu persona haciéndolo antes de comenzar y consumar la misma, Esto te ayudara a entender que el tiempo es una ilusión aprendida e incluso por cansada y pesada sea la tarea con la practica no solo la terminaras mas rápido y perfectamente, sino que contrario al agotamiento sentirás tu cuerpo vigorizado, esto es así porque le permites a la (G/E) interactuar contigo de forma consciente.

4- En un lugar tranquilo tomaras un espejo, una vela y un plato llano, encenderás y pegaras la vela al plato, pondrás un poco de agua en el plato para evitar cualquier incidente, coloca la vela frente al espejo a una distancia de quince centímetros o seis pulgadas, a la altura de tus ojos que deberán de estar retirados de la flama de la vela a 30 centímetros o 12 pulgadas, enfoca tu vista atraves de la luz de la vela o luminaria por quince o veinte segundos, cierra tus ojos y trata de mantener viva la imagen de la llama o flama que se quedara como espectro visual frente a ti por el tiempo mas prolongado posible, la veras alejarse, acercarse y ondular de un lado a otro, tu tarea es lograr mantenerla estática, una vez que logres esto con la practica comenzaras a cambiar el espectro de luz que estarás viendo. El experimento te ayudara a manipular mejor tus visualizaciones en otros ejercicios y practicas y mejorara tus capacidades de concentración y memoria.

5- Por dos o tres segundos te enfocaras en una luz brillante de un bombillo regular de no mas de 25w, al igual que con la vela cambiaras la mirada pero no cerraras los ojos, vera el espectro y repetirás todos los pasos del experimento anterior, enfócate en cambiar su color y de mantenerlo lo mas posible, no repitas mas de una vez este ejercicio por día. Su objetivo es incrementar la habilidad para lograr el éxito de los siguientes ejercicios y experimentos.

6- En este experimento cerraras tus ojos sin forzarlos y trataras de concentrarte en escuchar tu propia respiración, luego de lograrlo de forma perfecta, poco a poco iras expandiendo tu radio de audición, intenta escuchar sonidos lejanos e identifica que los produce, si este sentido se desarrolla de forma correcta podrás oír incluso el movimiento de las hormigas, con el paso del tiempo y la disciplina escucharas voces y conversaciones que se mueven entre las dimensiones y planos, algunos que provienen del pasado y otros del futuro, no deberás de sentir temor si escuchas risas y carcajadas desquiciadas, llantos, gritos, lamentos y sonidos poco agradables, son solo parte del proceso y de tu despertar psíquico, bajo ninguna circunstancia prestes atención a las voces que te inviten a realizar actos violentos en contra de tu persona o otros mortales, solo ignóralas que se alejaran, no te auto sugestiones ni te obsesiones con lo que escuches.

7- Durante el día cada vez que recibas una llamada telefónica, toquen a tu puerta o te dirijas a algún lugar enfócate en percibir quien o de que se trata, o a que personas encontraras ese día.

8- Tomate unos diez minutos diarios y cubriendo tus ojos con algo que no deje pasar la luz exterior, sumérgete en la oscuridad que esta frente a ti, como si trataras de buscar algo y mira dentro de esa oscuridad, no dejes que los pensamientos te distraigan o los ruidos exteriores, al igual que en el experimento anterior puedes percibir múltiples ondas y distorsiones, busca escenas especificas y observa con detenimiento, no importa que suceda no olvides que tu tienes el control, este experimento puede permitirte sentir la presencia de entidades a tu alrededor o habitación, solo déjalos manifestarse, siempre han estado ahí, solo que no los percibías, la energía natural que emana tu propio cuerpo te protegen de cualquier hostilidad siempre y cuando hayas aprendido a controlar tus temores y emociones.

9- Este experimento es muy importante, una vez terminado el numero ocho, mantente relajado y comienza a sentir tu propio cuerpo primero por los dedos de los pies y ve subiendo la sensación hasta llegar a tu cabeza, una vez logres esto, trata de sentir que ese cuerpo que es el tuyo se puede mover independiente de la parte física, como si te salieras del pesado saco de carne y hueso y que te retiene, no te sobre cojas o temas cuando comiences a sentir esta sensación, al contrario relájate mas y deja que el proceso continúe su curso natural, esto te llevara con el tiempo a transportar tu cuerpo de manera astral o etérea a donde desees, a lo que el mortal comúnmente llama desdoblamiento y que no es otra cosa que parte de conocer lo que es eterno. Este estado te permitirá grandes avances en tu evolución psíquica, entre otras cosas. Las primeras veces en que logres verte fuera de cuerpo solo ronda tu habitación hasta que poseas un mayor control del proceso, luego el interior de tu hogar, a mas experiencia aventúrate a salir fuera de tu hogar pero no te alejes, llegado el momento sabrás por intuición que ya estarás listos para viajar a lugares que conozcas y mas allá, no debe de hablarle a nadie sobre lo que veas de otras personas, no solo por respeto, sino para evitar que crees paradojas negativas que pueden alterar las circunstancias de tu existencia y de otros, total discreción.

10- Hazte de un reloj grande con segundero que no sea digital, enfócate en el movimiento que marca los segundos y has que cada vez se mueva mas lento hasta que con la practica sientas que un segundo se alarga de forma indefinida, los beneficios de esto los encontraras tu y descubrirás verdades sobre la curva de tiempo espacio que los simios parlantes no poseen y que te servirán de grandes beneficios.

11- Sobre las distancias dentro del espacio denso de tu planeta practicaras lo siguiente, cuando te dirijas a un lugar sin importar la distancia, durante el viaje, sea el medio que sea, aun cuando sea caminando, no pienses en el punto a llegar solo enfócate que estas en ese lugar, obviamente que si conduces una de las maquinas llamadas autos, tienes que estar atento a conducir tomando toda medida de precaución pertinente, pero para cuando llegues a este experimento tus sentidos psíquicos te permitirán realizar ambas cosas, eliminando la distancia y acortando en un noventa por ciento el tiempo que tomaría en llegar a tu destino.

12- El experimento de luminosidad comienza encerrándote en tu habitación o dormitorio en total oscuridad, cerrando los ojos siente como tu cuerpo se ilumina y alumbra la habitación, cuando tengas esta sensación visualiza tu celebro de forma clara iluminándose con un brillo azuloso de gran esplendor.

13- El secreto de la nube de la creación, todos los ejercicios y experimentos que quizás te tomaron meses o años en perfeccionar te traen a este gran secreto de los seres mas evolucionados y de planos superiores. Con todo lo que has aprendido hasta ahora, no se te hará difícil en una habitación alumbrada con la tenue luz de una vela o luminaria a tu espalda, obvio retirada de tu cuerpo, fijar tu mirada de forma descansada en una pared lisa, comienza a crear una nube pequeña y la iras agrandando hasta que tenga el diámetro de media puerta, forma un cajon con la nube y como primeras practicas, solo dale color, cambia su forma a circulo, ovalada, triangulo, etc. Posteriormente hazla que se ilumine con colores brillantes, logrotes esto después de varias semanas de realizar el experimento. Ahora bien, comenzaras a crear dentro de la caja un objeto pequeño como una piedrecilla, una hoja o algún objeto simple, la disciplina y perseverancia como en todos los ejercicios y experimentos anteriores son los elementos claves para el logro de que tu estado psíquico y potencial cerebral evolucionen a este grado, en este estado tu conocimiento de lo que se le oculta a los mortales comunes, aquellas cosas que el simio parlante consideraría imposible, para ti no lo serán, la complejidad de las cosas que podrás crear dependerán de tu capacidad y asimilación de la chispa de la (G/E). Solo esta prohibido en este y cualquier plano, crear seres vivos y/o tratar de regresar cualquier cosa que haya dejado su estado físico o como los humanos llaman muerto, la razón para esto tiene que ver con la ciencia de la física y quántica, el traer un ser animado que ya se había sacado del esquema puede crear una reacción a nivel sub atómico que ocasionaria una de dos cosas, el desbalance magnético total del planeta o una explosión de plasma atómica fría que destruiría la esfera azul, luego de la primera generación de terrícolas evolucionados ya el hacer esto no seria peligroso pues esa generación tendría un mayor poder e influencia de la (G/E).

14- Control de los elementos, con todas estas cosas que has aprendido y aplicado a través de ejercicios y experimentos podrás controlar los elementos a nivel químico y atómico, ya sea el agua, el fuego, el aire, la electricidad o el magnetismo, entre muchos otros, habrás alcanzado suficiente sabiduría y poder psíquico como para no utilizar estas habilidades en contra de nada viviente o beneficios de poder y egoísmo.

15- La aceleración de las etapas de los ciclos naturales, se te hará algo muy simple y común, podrás acelerar el crecimiento de las plantas, sanar enfermedades, auto curarte cualquier padecimiento, alterar las leyes de la gravedad terrestre, levitar, hacerte no visible ante los ojos de otros mortales, y expandir y doblar cualquier sólido a tu voluntad, es decir podrás atravesar una pared sólida como si fuese liquida. Entonces sabrás que verdaderamente fuiste creado por los dioses y los conocerás y para que todo mortal que haya dejado sus viejas ataduras y yugos de debilidad mental, se libere de los sufrimientos y cargas del ego y desde su individualidad trabaje para el colectivo y su evolución, toda profecía ya estaría cumplida y la verdad los habrá liberado.

LEYES INVIOLABLES:

I- Jamás utilizaras tus conocimientos y habilidades en prejuicio de nada con vida, de así hacerlo el precio será la terminación de tu existencia psíquica através de cualquier método necesario, es decir se te apagara tu cerebro.

II- No mataras, sin importar la circunstancias, pagaras con tu vida.

III- No hurtaras o estafaras a otro mortal, el castigo será anular tu capacidad pensante.
IV- No privaras de su libertad a ningún mortal.
V- No someterás a ningún mortal a realizar tarea alguna sin su deseo explicito.
VI- No juzgaras, no tendrás prejuicios y respetaras a cada mortal en igual medida.
VII- No forzaras a nadie mayor de 84 meses de edad a tener contacto sexual utilizando ardid o engaños, menos aun con la fuerza o violencia, tal acción será castigada con la castración. Este acto debe de estar claro y ser de mutuo acuerdo entre las partes sin importar la edad. El contacto sexual con cualquier menor de 84 meses será castigado con la muerte física.
IIX- La pereza, la gula, las emociones de cualquier tipo, la violencia, rencores, la obesidad producto de la glotonia, serán un delitos en contra la sociedad, la obesidad no será castigada si existen razones metabólicas.
IX- Jamás has de mentir, ser hipócrita o traicionar a un individuo o de forma colectiva.

AXIOMAS FINALES:

1- Sean o no relevante las circunstancias, individual o colectiva, el ser evolucionado, se conecta en reflexión con la Gran Energía y se sintoniza con las vibraciones de los dioses y sabrían como actuar en ese momento.
2- Los mortales deben de autoanalizarse y cuestionarse si son capaces del sacrificio, desprendimiento y el trabajo por otro individuo o el colectivo, solo por el hecho de el bien común.
3- Debe el mortal ser capaz de comprender de forma imparcial todo lo que sucede y mantener un juicio neutral, pues aun la raza humana tiene un doloroso camino que recorrer hacia la evolución.
4- Mantener consciencia de que el simio parlante es primitivo y por tanto violento, deben de tener una profunda tolerancia aun cuando este comportamiento te pueda afectar directamente, es la única manera de que tu ejemplo establezca cambios de actitud en otros mortales y el concepto de la paz y la evolución de la raza humana vaya tomando forma.
5- Todo ser en proceso de evolución psíquica, comprende clara y perfectamente que todo acontecer, beneficioso o adverso es circunstancial, por ende es una perdida de la chispa de la Gran

Energía que esta dentro de tu ser el lamentarse, el sufrimiento, dejar divagar tus ideas sin rumbo, es una gran marca de ignorancia y de entes primitivos.

6- No escuches rumores de caos y miedo, acógete a los hecho reales, a la situación cambiante de la esfera azul, a la realidad de que la alteración de sus polos magnéticos y que su sistema solar se acerca al borde de su galaxia con todo el sistema solar, creara distorsiones en las ondas cerebrales y millones de simios parlantes se volverán violentos y agresivos, pero esto no deberá de ser motivo de creer que un Apocalipsis se esta dando, es solo parte de un proceso natural y cíclico. Esta en tus manos evolucionar y con la energía que brota de tu cerebro atravéz de la (G/E) proyectar sanación sobre las enfermedades ecológicas del planeta y transmutar las ondas cerebrales de el simio parlante para desviar los impulsos violentos a comportamientos positivos, esto sera hecho por un grupo de budista tibetanos durante la historia de las civilizaciones de su planeta en siglo XX en el punto geográfico conocido como Washington en los Estados Unidos, durante ese periodo se experimentara un disminución en todo tipo de violencia y se sentirá la energía de la paz en esas coordenadas. Recuerden mortales en vías de evolución que ustedes serán una micro proyección de la (G/E) que se manifestara atravéz de ustedes.

7- Dirijan su contemplación a la belleza de todo lo existente en su mundo, otras dimensiones, planos y mundos y sentirán en su ser interno el gozo y la alegría de comprender que ustedes forman parte de ese todo y que pueden tener acceso a todo con su evolución, aprende que tu maquina de transportación a cualquier lugar es tu capacidad psíquica bien entrenada y expandida, mismo fenómeno que te permite viajar en las curvas tiempo y espacio.

8- ¿Qué mas puedes desear en tu vida dentro de la existencia, si lo tienes todo? Posees el preciado don pensante, has visto y conocido las grandes verdades y se te revelo tu imagen y semejanza con los dioses que pusieron a esta raza mortal sobre la faz de la tierra.

9- Alcanza tu evolución y has de ser un mortal de gran bondad para con todas las cosas, porque aquellos que estas cosas no posean, su efímera vida sera una de sufrimientos.

10- El desprendimiento de todo lastre material y pasional engrándese tu ser interior, da de comer al hambriento y si es necesario tu aliméntate con pan y agua (no tomes esto de forma literal es parte de la metáfora, pero si se austero en tu consumo de alimentos para que puedas compartir con otros terrícolas que caminan con sus estómagos vacíos.)

11- Ser libres, no es hacer sencillamente lo que desees, sino lo que se hace con ese derecho natural sin caer en el libertinaje, disfruta de todo sin caer en excesos, camina al desnudo si te place, no rehúyas de los pequeños placeres, pero no te ates a ninguno, disfruta de tu sexualidad de forma responsable e independiente y jamás y esto se recalca, hagas mal a nada viviente.

12- La raza de los simios parlantes esta sumergida en el lodo de la ignorancia, supersticiones, esclavitud mental y oscurantismo, mas aquellos elegidos para leer esta obra y cumplir su propósito se bañan en cascada de aguas frescas y cristalinas.

13- Recuerda que cualquier ideología, organización o filosofía que te llame a crear el caos colectivo y lo bélico, proviene de la parte mas baja primitiva de el simio parlante, aléjate de estos, no pertenezca a ningún grupo de guerreros pues terminaras en la violencia, aun cuando sea un grupo para proteger que las leyes se cumplan.

14- la verdad no tiene que ser gritada o demostrada, la verdad es por si misma. La verdad es paz, armonía, progreso y evolución. Las supuestas verdades de los organismos y los gobiernos humanos, se basan en el miedo, la mentira, ideas impuestas, extorsión del pensamiento, coacción de las ideas, y se utilizan estas supuestas verdades de los mortales como armas para la sumisión.

SOBRE LA ALIMENTACIÓN:

Divide tus ciclos de alimentación diaria en seis porciones pequeñas, utiliza aceite de olivas, ajo y albahaca en ellas, una de las seis deberá de ser de unas 12 a 20 almendras o uno de los siguientes, semillas de girasol, maníes, avellanas, pistacho y otros, solo una o dos onzas serán suficientes, incluye en tu dieta, pescado en particular salmón y tuna o atún, frutas, vegetales y viandas. En lo personal solo hago un desayuno muy ligero y una cena pequeña en la noche, pero no te aconsejo que sigas este ejemplo.

SOBRE LA FORMA DE VESTIR:

Tanto féminas como varones según evolucionen si desean vestirse con un leotardo de una sola pieza será ideal para ir eliminando prejuicios y pensamientos promiscuos. Estos leotardos deberán de ser color crema claro.

ESTA OBRA SEGÚN SE ME INDICO QUE FUERA HECHO
EN EL 1967, HA CONCLUIDO DE TRANSCRIBIRSE EL DIA
VIGÉSIMO PRIMERO DEL DECIMOSEGUNDO MES DEL AÑO
COMÚN DE LOS HOMBRES DE DOS MIL DOCE A LAS 12:30
AM. PARA DEROGAR TODA MENTIRA Y FALSA PROFECÍA
QUE MANTIENE A LA HUMANIDAD EN LA OSCURIDAD.
COMO YA SE EXPRESO ME IMPORTA UNA MIERDA LAS
CRITICAS NEGATIVAS Y LOS AULLIDOS DE LOS CHACALES,
SI ESTA ULTIMA OPORTUNIDAD POR PARTE DE AQUELLOS
QUE DEPOSITARON A LOS MORTALES EN LA ESFERA AZUL
NO ES RESPETADA Y APLICADA, EL SIMIO PARLANTE
DESAPARECERÁ DE LA FAZ DE LA TIERRA. LAS PALABRAS
VULGARES Y COMUNES QUE EXPRESO EN ALGUNOS
MOMENTOS, ES HECHO COMO EVIDENCIA DE QUE LAS
PALABRAS NO SON BUENAS NI MALAS, SENCILLAMENTE ES
LA MENTE LA QUE LES DA SENTIDO, CUANDO NI PALABRAS
NI NÚMEROS SEAN NECESARIOS EN LA COMUNICACIÓN
ENTRE LOS MORTALES SERA PORQUE LA RAZA HUMANA
HABRÁ ALCANZADO A SUS CREADORES. NO ESTOY EN
CONTRA DE NADA NI NADIE, NO PADEZCO DE TRAUMAS
PSÍQUICOS INFANTILES, SI NO HUBIESE TENIDO A
LOS INCUBADORES HUMANOS QUE TENGO, HUBIESE
PREFERIDO NO NACER EN ESTA ÉPOCA. NO OLVIDEN QUE
LOS CREADORES OBSERVAN CONSTANTEMENTE Y EN SU
DIA TOMARAN LA DECISIÓN FINAL DE ACUERDO A COMO
REACCIONE LA ESPECIE HUMANA A ESTA OBRA.

EL AUTOR SE RESERVA TODOS LOS DERECHOS EN
CUALQUIER IDIOMA.

Miguel Angel Guzmán Rivera